明德书系 劳马作品集
小说·话剧·随笔

劳马/著

巴赫金的狂欢
劳马剧作三种

中国人民大学出版社
·北京·

目 录

1/巴赫金的狂欢

狂欢式的笑，是一种节庆独有的诙谐。它不是对某一单独可笑现象的个体反应。

57/苏格拉底

只要我还有生命和能力，我将永不停止实践哲学，向我遇到的每一个人阐明真理。

137/好兵帅克

时代还是开明了。要是在头几年，你说的这句话又得被判十年徒刑，说不定直接绞死了。皇帝被老鼠啃光了比苍蝇往皇帝身上屙屎的罪过要大很多呀！

...IA DOMVM EXPOSITIS VICOS
VIRGINEAM TREVII QVOD REPAR...
PRISCA LICET NAVTIS STATVAS D...

巴赫金的狂欢

巴赫金的狂欢

出场人物

巴赫金： 前苏联著名哲学家、人文学者，20世纪世界最重要的思想家之一。年轻时因在小型私人集会中讲课而被判刑流放，后任大学教授。自1960年代以来，在哲学、文学、美学、诗学、语言学、符号学和历史文化学等领域持续发挥着重大影响

叶琳娜： 巴赫金之妻

拉伯雷： 小说家。法国16世纪文艺复兴运动代表人物之一，做过医生，有小说《巨人传》传世

高朗古杰： 拉伯雷《巨人传》中人物，高康大之父

高康大： 拉伯雷《巨人传》主人公，一个巨人

庞大固埃： 拉伯雷《巨人传》中主人公之一，高康大之子
杜埃： 拉伯雷《巨人传》中人物，法官
拜兹居尔： 拉伯雷《巨人传》中人物，贵族老爷
于莫外纳： 拉伯雷《巨人传》中人物，贵族老爷
房东太太、警察甲、警察乙、国王、法官、律师、主教、仆从、论文答辩委员会主席、答辩委员会教授（四人）、记录员两人、课堂讨论教授、学生十余人

【第一幕】

【卧室兼书房。简单的家具：单人床、书桌。地板和书桌上摞满了一堆堆书籍。巴赫金此时正趴在书桌上写作。】

【房东太太上。她抻了抻衣服、围裙，故意干咳了两声。】

房东太太：对不起，巴赫金先生。我不得不打断您的工作，如果您整天待在屋里也算工作的话。

巴赫金：噢，我亲爱的房东太太，您好！您的到来正好能让我飞速旋转的大脑暂时休息一下。我确实是在工作，一点儿都没偷懒。这种工作和在工厂车间、集体农庄里的集中劳动有些不同，但实质上是一样的。

房东太太：巴赫金先生，听您这么说我太高兴了。既然您每天待在屋子里也算工作，一定也像在工厂里的工人一样有固定工资了，那么，请您

把拖欠的房租交给我吧。

巴赫金：真不好意思，房东太太，请您再宽限我几天。只要我的论文一发表，我就会得到稿费。稿费一到手，我就把房租一分不少地交给您。

房东太太：我更不好意思了，巴赫金先生。两个月前，我好像听您说过同样的话，一个月前您好像也这么说过。

巴赫金：房东太太，其实您是知道的，我一连几个月总是收到编辑部的退稿，而不是稿费……

房东太太：您能保证这个月收到的不是退稿吗？

巴赫金：我向您保证，这次论文一定会发表的。因为我借用了一位朋友的名字，把他当作论文的作者，比我巴赫金的名字更可靠，更容易躲过上级部门的审查。

房东太太：天呐，可怜的巴赫金先生。您干吗不大大方方地去参加集体劳动，挣一份体面的工资，非要偷偷摸摸像做贼似的写这些没人要的东西呢？我真搞不懂，您身体看上去还不至于拿不动铁锹和斧头，难道不能去修铁路或者当个伐木工人吗？

巴赫金：房东太太，世上的人并不都得从事同样的职业。我的脑袋比四肢更有价值，里面装满了哲学、文学、人类学、美学、符号学、语言学等稀奇古怪的想法，我思考这些问题，并把思考的结论告诉人们，这也是一种劳动，不比修铁路、伐木头的体力劳动者贡献少。

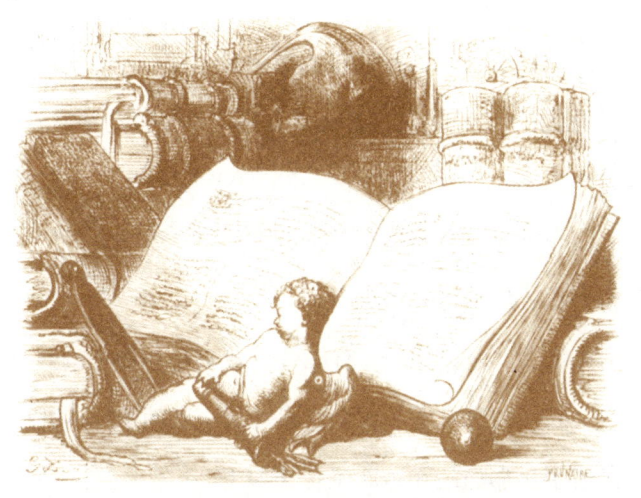

插图作者：古斯塔夫·多雷

房东太太：巴赫金先生，也许您说得对，可我不在乎您的什么贡献，我只想收回我该得的那点儿房租，如果您今天还拿不出来的话，我只好请您搬到别处去思考了。请您原谅，我不得不这

巴赫金的狂欢

么做，您也得体谅体谅我的苦衷！

巴赫金：(在屋里来回转圈，搓着双手，一筹莫展)房东太太，看在上帝的分儿上，您再给我几天时间。

房东太太：这世界上根本就没有上帝，请您别用压根就不存在的东西做抵押！

巴赫金：再住两天行吗？明天就是圣诞节了。

【两个警察上。】

警察甲：不行！现在就跟我们走！

巴赫金：(望房东太太)这点儿事您也要惊动警察？

房东太太：(惊慌地)不，不，不！您误会了，巴赫金先生，我可没报警！

警察乙：您是房东太太？

房东太太：是。他犯了什么罪？我只是把房子租给他住，他究竟干了什么，我可是一点都不知道呀！

警察甲：那您站在这儿干什么？

房东太太：我正要赶他走呢，他欠了我三个月的房租！

警察乙：这就不用麻烦您啦，我们替他找个地方住。走吧，巴赫金先生，那个地方保证不收房租！

巴赫金：你们是干什么的，要带我去哪儿？

警察甲：看不出来我们是干什么的吗？我们穿的这

身衣服难道您没看见？哈哈，难怪有人说您是个书呆子！走吧，正好您现在没地方住了，我们在监狱里给您安排了个房间。

巴赫金：监狱？为什么让我去那种地方？我没有杀人放火，也没去偷、去抢！

警察乙：犯罪不一定非得去杀人放火偷窃抢劫，有些罪行可能更隐蔽，危害更大。有的人闲着没事，脑袋里总有一些思想在折腾，背地里偷偷嘲笑我们的社会制度。比方像您这样的……叫什么来着？

警察甲：叫知识分子！

警察乙：对，知识分子！这个名字很奇怪，好像只有你们才拥有知识，难道我们这些当警察的，还有工人、农民兄弟就没有知识了吗？

巴赫金：不、不、不，警察同志，知识分子并不是您理解的那个意思！

警察乙：瞧瞧，瞧瞧，我又弄错了，连什么是知识分子都搞不明白。巴赫金先生，您是不是想说我们很弱智呀？

巴赫金：不、不、不，我不是那个意思……

巴赫金的狂欢

警察甲：那您是什么意思？

巴赫金：我的意思……

警察甲：再说就没意思啦！知道我们为什么要逮捕你吗？

巴赫金：不知道。

警察甲：嘁，您可真会装，一脸无辜的样子，像只替罪的羔羊！我问你，这几年你在家里是不是举办过什么沙龙、讲座之类的活动？

巴赫金：是的，偶尔会有五六个年轻学者一起聚聚，讨论一些共同感兴趣的问题。

警察乙：什么问题？

插图作者：古斯塔夫·多雷

巴赫金：是关于德国古典哲学和现代哲学之类的纯学术问题，比如康德、胡塞尔、舒勒，也涉及过弗洛伊德的观点……

警察乙：为什么不认真学习宣传列宁主义和斯大林同志的思想？为什么不积极参加苏维埃社会主义的集体生产劳动？

巴赫金：这……警察同志，因为我患有骨髓炎等多种疾病，只能待在家里和床上，丧失了从事其他任何体力劳动的可能性，这是最重要的原因。但我忠实于苏维埃政权，并对马克思主义有着浓厚的兴趣……

警察甲：哈哈，看来骨髓炎已经侵入您的大脑了。未经上级批准，您就擅自组织什么家庭学习小组，散布一些不良思想，难道这不是违法行为吗？

巴赫金：可、可、可我并没有反对苏维埃，恰恰相反，我一直……

警察甲：巴赫金先生，请不要再自我狡辩啦。（从上衣口袋里掏出一张纸）我现在代表国家保安部宣判："巴赫金·米哈伊尔·米哈伊洛维奇，三十三岁，已婚，银行职员之子，大学学历，自称是马克思主义者。据查，该犯以丧失劳动能力为名，长年蜗居家中，非法聚集他人，进

行带有反苏思想的所谓学术探讨和演讲活动，已构成颠覆苏维埃政权罪，现予以逮捕，并判处劳改关押五年。即日起执行。"

巴赫金：我并没有违法啊！从主观上讲，我自己从事的学术研究并没有追求过任何反对苏联的政治目的。

警察乙：我们认为你违法你就是违法啦，这由不得你自己的主观愿望。

巴赫金：天呐，今天是平安夜，明天是圣诞节，为什么偏偏是这个时候？

警察甲：瞧瞧，你满脑子宗教迷信思想，进监狱还想选个好日子，上帝和基督救不了你啦！

巴赫金：（冲着房东太太喊）房东太太，请您告诉我妻子叶琳娜，我被抓走啦，让她找人救我！

房东太太：听见了，巴赫金先生，我会转告她的。您多保重！（擦着眼泪，叹气）唉，我的房租又泡汤了。

警察乙：把你写的手稿统统带走，这可是证据！

巴赫金：（被两位警察架走，回头又喊）欠您的房租，我太太会还给您的！

【幕落】

【第二幕】

【库斯塔奈流放地。巴赫金与妻子叶琳娜坐在舞台一角。】

巴赫金：亲爱的叶琳娜，让你受苦了。如果不是我的事情连累了你，你就不会被流放到这人迹罕至的蛮荒之地，忍受这种屈辱而艰难的生活折磨。亲爱的，这一切不幸都是我造成的。

叶琳娜：亲爱的，请不要这么说。只要能与你在一起，我就会感到幸福和温暖。我没有什么可抱怨的，甚至在我的心底会经常涌起对上帝的感激之情。当然，我们还要谢谢高尔基夫人，如果没有她的帮助和求情，你至今仍被关押在监狱之中，流放比监禁要好多了，至少有我陪伴在你身边。

巴赫金：是的，亲爱的妻子。有你陪伴，我的生命之火就不会熄灭。你看，天上的星星多么明亮，

我们仿佛置身于天堂之中。

叶琳娜：这儿的星星离我们很近很近，好像伸手就能够着。在圣彼得堡和莫斯科，我们看不到这种神奇的景象！

插图作者：马文哲

巴赫金：是啊，那里的夜空被灰蒙蒙的幕布遮盖得严严实实，星光不再闪烁，苍穹失色，大地沉寂……

叶琳娜：嘘！你小点儿声，亲爱的，别让人听见。

巴赫金：（长叹一声）唉……（陷入沉思）

叶琳娜：亲爱的，你在想什么？

巴赫金：我的脑海里经常会浮现出法国作家拉伯雷在小说《巨人传》中为我们描绘的那些欢乐喧闹的场景和诙谐风趣的故事……

叶琳娜：是吗？那你讲给我听听吧。

巴赫金：好的，亲爱的。在五百年前，一位化名叫作拉伯雷的修士写了一部奇特的小说，书中讲的都是滑稽幽默、荒诞逗笑的故事，充满了冷嘲热讽的快乐气氛。比如说，那时街头广场上的狂欢节……

【巴、叶两人头上的追光灯暗，舞台中央亮。狂欢节正在进行之中。笑声、歌声、喊叫声响成一片。】

高朗古杰：喝呀，喝呀，为庆祝浑小子高康大的诞生，尽情地喝吧！来，给我换上个大水桶，这杯子太小了，我要一口喝干太平洋！

巴赫金的狂欢

甲：我是国王，快给我倒满红酒！

乙：嘿，国王大人，你这个光屁股的小苍蝇、沾上了老鼠屎的小臭虫，还想喝红酒？没有！我给您奉上满满一大杯的黄酒吧？来，干杯，好喝吧？这是马尿，一匹得了花柳病的老母马刚尿下的黄尿！

甲：你这个烂眼睛的狗东西，竟敢拿马尿糊弄我，干吗不给我喝驴尿？

乙：愚蠢的国王陛下，驴尿已经让比您更愚蠢的主教大人灌进了自己的肚子里。

甲：让他喝吧，拉肚子的人，屁股上不愁没屎。我以天主的肚脐眼发誓，主教只是一个喋喋不休、唠唠叨叨念经的胆小鬼，是只绕着粪堆嗡嗡叫的绿头苍蝇！

丙：国王大人，你可算说了句正确的话。主教的穿戴总会招致世人的轻视和咒骂，因为他们靠人类的罪过生活，所以我们把那些宗教人士叫作吃屎的人。我们应该把他们丢进垃圾堆和粪坑里，也就是阴暗的修道院和教堂里，让他们与世隔绝，就像厕所必须与房子分开一样。

甲：你算什么东西？一只穿皮袍的野猫而已！法官大人，你除了贪赃枉法、索贿敲诈外，对于法律一窍不通。你知道吗，法律就是一张蜘蛛网，只能捕获那些像牛虻一样的平民百姓，对于有权有势的达官贵人没有丝毫的制约。你不配穿这身"道貌岸然"的法袍。

丙：国王陛下，你自己一身屎，却嫌别人臭。我要当众摘下你的皇冠，脱下你的裤子，让大伙儿看看你尊贵的龙体上是不是也长满了脓疱和疥疮！

高朗古杰：别吵吵啦，今天是我儿子的五岁大寿，都要尽情喝酒。我告诉你们，各位著名的酒友们，人生不喝酒，活着不如狗！我儿子从娘胎里一生下来，就大喊："喝呀，喝呀，喝呀！"所以我给他取名叫高康大，意思是"好大的喉咙啊"，每天给他灌酒。这小子酒量大得惊人，喝酒比喝奶多！只要喝足了酒，他就不再发脾气哭闹了。他什么玩具都不喜欢，只愿意玩弄酒桶、酒杯和酒瓶子。

甲：我也听说了，这个巨大的小家伙，整天除了吃就是喝；或者说是吃了喝，喝了睡。他还在油

巴赫金的狂欢

里放屁,朝着太阳撒尿,藏在水里躲雨,自己挠痒自己笑,吃白菜拉韭菜,拿尿脖当灯笼,拿云彩当被盖,拔苍蝇腿,亲蚊子嘴,完全不着调!

高朗古杰:哈哈,你这个昏庸无能荒淫无度骑在百姓头上拉狗屎的无赖国王,竟敢在大庭广众之下用这种令人作呕的腔调夸奖我的宝贝儿子。你知道吗,我儿子是个天才,他的出世本身就是个奇迹。他母亲,也就是我亲爱的妻子嘉佳美丽怀他的时候,特别喜欢吃牛肠,她怀孕期间,我一共宰杀了三十六万七千零十四头壮牛,

插图作者:古斯塔夫·多雷

她把所有的肠子都吃光了。在她临产前，我曾劝她，吃多了那玩意儿对身体不好，因为在某种意义上想吃肠子就是想吃粪。可她太馋了，还是饱餐了一顿，结果脱了肛，差一点儿把我儿子憋死。

乙：是啊，我当时就在分娩现场，亲眼目睹了那惊心动魄的一幕。是我喊来了接生婆，给她吃下了过猛的收敛药。没想到嘉佳美丽猛一收缩，胎盘的包皮突然被撑破了。孩子从子宫里一下子跳了起来，钻进了动脉血管，通过心脏的横膈膜，一直爬到了左肩膀，终于从他母亲的左耳朵里钻了出来。哈哈，好悬呢！

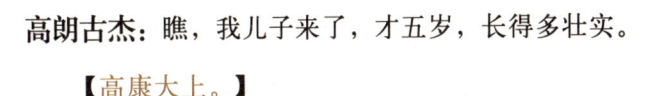

高朗古杰：瞧，我儿子来了，才五岁，长得多壮实。

【高康大上。】

高康大：（手里端着酒罐，冲着高朗古杰）爸，咱哥俩喝一个！（抱起罐子咕咚咕咚往下灌）

高朗古杰：你们都看见了，我儿子不仅酒量大，而且智商高，又平易近人。他从不跟我这个做父亲的见外，尤其是在客人面前，总是与我称兄道弟，一点儿架子没有。来，亲爱的小宝贝，陪你爸爸老弟再喝一杯！

巴赫金的狂欢

高康大：（一饮而尽，抹着嘴）父亲兄弟，这酒在我的体内无孔不入，太解渴了。

高朗古杰： 儿子，这酒正对我的胃口，我们应该敲着酒桶告诉大家，不想喝酒的人不配活在世上。

丁：（主教）这正是天主的名言，谁的酒瘾也没有我这个当主教的神的使者大。高康大，我问你，对付渴的方法是什么？

高康大： 和防止狗咬的方法正好相反。跑在狗的后面，狗就咬不着你；喝在渴的前面，你永远不会再渴。

丁： 完全正确，我最聪明的孩子。不要等渴了再喝，不要等饿了再吃，先吃先喝，就永远不饿不渴。来，快倒酒！我要再打个通关，换大杯！

高康大：（脱下巨型鞋）我的拖鞋大，你用它喝吧！

高朗古杰： 不能这么做，我的儿子！主教的嘴不干净，会弄脏你的鞋的！

高康大： 这鞋刚踩上狗屎，给神父当酒杯正合适。

高朗古杰： 如果是那样，还是把鞋送给国王吧！

高康大： 听父亲的，来，（往鞋里倒酒）我敬国王一杯！

甲： 谢谢，祝你生日快乐，身体健康！我干了！（一抹嘴）哇，这白葡萄酒味道真好，像丝绸一样柔和！瞧，连苍蝇都喜欢，我邀请苍蝇们跟我一起喝！

全体：（举杯高呼）喝！喝！喝！

插图作者：古斯塔夫·多雷

【灯光暗。追光灯打到舞台一角的巴赫金夫妇身上。】

巴赫金： 亲爱的叶琳娜，你看到了吧，拉伯雷笔下的狂欢就是这种场景，人们在允许的节日里，聚集在广场上，开怀畅饮，大吃大喝，无拘无束，原有的秩序被打乱、颠倒，国王、主教、

巴赫金的狂欢

法官等不可一世的权贵人物被嘲笑、戏弄，平民百姓变成了巨人，恣肆放纵……

叶琳娜：可是，亲爱的，他们语言粗俗，甚至……我的意思是说，他们那些污言秽语让我感到有些不舒服。

巴赫金：是的，我理解你的感觉。那个时代的广场语言就是这么粗鄙，甚至肮脏，充斥着辱骂与诅咒，让我们的耳朵无法接受。然而，这类粗俗的语言具有对世界进行滑稽改编、贬损、物质化和肉体化的强大力量。它们既是传统的，又是广泛流行的。拉伯雷故意用这种绝对欢快的、无所畏惧的、无拘无束和直白坦率的话语，

插图作者：古斯塔夫·多雷

向"哥特式的黑暗"猛烈开火。你可以听听拉伯雷本人的说法。

【拉伯雷上，追光灯移至其身上。】

拉伯雷：亲爱的读者和观众，以及那些闲着没事干、光顾着赚钱、当官争权夺利的我不喜欢的朋友们，你们读到我写的几本书的名字，像《高康大》、《庞大固埃》、《酒徒》、《裤裆的尊严》，等等，就会想当然地认为书中无非是嘻哈笑谈和胡说八道。其实，这只是个幌子。你们如果不深入探究，还真会把这些书当成搞笑的游戏浅薄之作了。噢，各位都知道，漂亮的瓶子里装的不一定是好酒，破烂的盒子里也可能藏有珍宝；穿袈裟的不一定都是和尚，是和尚的也不一定会念经；披披风的不一定是骑士，是骑士也不一定都勇敢。不啰唆了，你们自己敲开骨头吸吮那鲜美喷香的骨髓吧。不论是宗教，还是政治形势和经济生活，我的作品都会向你们显示出极其高深的神圣哲理和耐人寻味的奥妙！这部作品是我利用吃饭和喝酒的时间完成的，里面充满了肉味和酒味，你们只要夸

我是个讲笑话的高手，我就会感到无比荣耀和光彩。

现在，我亲爱的亲，快快乐乐、开开心心地看下去吧，愿你们浑身舒坦，四肢放松！回去后，可别忘了为我干杯，我保证马上回敬你们！

【幕落】

【第三幕】

【场景与前幕相似。高康大上。】

高康大：我是高康大，巨人的后代。你们刚见到我五岁时的模样，如今我已九百多岁了。时间过得太快了。喊别人爷爷没多久，别人就管我叫爷爷了。我老爸高朗古杰已经离世，我现在成了孤儿。还好，在我四百八十再加四十四岁的那一年，我的妻子巴德贝克公主为我生下了个胖儿子，名字叫庞大固埃。

仆从：是啊，他儿子跟他小时候一样，胡吃海塞，力大无比。在娘胎里就长全了牙齿，一落地就喝下了四千六百头奶牛的奶，连奶桶都囫囵吞到了肚子里。一只大黑熊跑过来想舔他嘴唇上的奶汁，他一把便把那只大熊抓了过来，像撕小鸡似的撕开，当零食吃了下去。

高康大：这孩子太胖、太壮了，如果不把他母亲憋

死，他就根本没法儿生下来。唉，爱妻死了我很伤心，儿子出世我又很高兴。当时我真不知道如何是好了，是为死掉的妻子痛哭呢，还是为了新生的儿子而欢笑呢？我反复思考，想来想去，最后决定还是先哭后笑。我哭得很认真，笑得很开心。

仆从：庞大固埃生下来就成了没娘的小可怜儿，他父亲高康大是又当爹又当妈，为这儿子操了不少心。

高康大：严父出孝子嘛，教育好儿子是每一位做父亲的天职。我儿子庞大固埃在法学院念书时，总怕让学业累坏了脑子和眼睛，经常跳舞、打网球。他说："裤袋有球，球拍在手。领带代表法学知识，脚跟碰出跳舞绝技，这就是法学博士的标志。"眼下，我儿子庞大固埃已经是远近闻名的法学大师了，凡是令法官、律师、专家、教授头痛欲裂的疑难诉讼，都得请教庞大固埃，所以他无论走到哪儿，后面总是跟着一群群向他讨教的人！瞧，他来了！我可不想耽误他的宝贵时间，就不跟他打招呼了！走，（喊仆人）我们到别处转转去。

【庞大固埃上，后面跟着七八个人。】

杜埃：尊敬的庞大固埃大师，求您停下脚步，只耽误您几分钟。我知道您很忙，可是我们遇到的案子非常非常棘手，非常非常复杂，非常非常难办，我们非常非常景仰您的学问和水平，请您务必于百忙之中，为我们指点迷津。

庞大固埃：(停下脚步)世上哪有这么多非常非常？那你说说，到底是个什么难判的官司？

杜埃：是这样的……

律师：(抢过话头)还是我来说吧，我了解整个审理过程。

庞大固埃：好吧，你要简明扼要。

律师：好的，庞大固埃大师，简明扼要是我的强项。小时候，我妈妈的二姨的三舅的妻子就夸我说，这孩子讲起故事来逻辑清晰、语言简洁……

庞大固埃：你等等，先说案子，说重点，至于你的七大姑、八大姨怎么夸奖你的事留着以后再说吧！

律师：好，好，好！是这样的：有两个大人物，一位是原告拜兹居尔老爷，另一位是被告于莫外纳老爷，他们之间的诉讼从法律上看是如此高深，如此复杂，如此奇特，如此诡异，如此如

巴赫金的狂欢

此，最高法院简直越搞越糊涂。最后，遵照国王的旨意，召集了全国法律界公认的四位最博学、最有名望的专家，会同最高法院、各大学的著名教授，除法国外，还聘请了英国、意大利等国的诸多法学权威，废寝忘食地一起研究了四十六个星期，花费了很多金钱，始终没有理出个头绪，参与此案的法官、教授、法学家们一个个都非常非常狼狈，不少人因为羞愧而屙了裤子。这是我们极大的耻辱和良心上沉重的负担。所以，我们恳请大师您明示指点。

庞大固埃：让我明示什么，指点何处？案情到底怎样，你说了半天连一丁点儿线索都没涉及。

律师：至于案情嘛，我还真说不清楚，谁也说不清楚。如果能说明白案情，我们就不必麻烦您啦！

杜埃：是的，大师。这个案子的所有卷宗都很齐全，包括诉讼双方的口供、辩词和相关证据等等，已经塞满了整整一个房间。我们这就先用马车拉来一批，请您过目。

庞大固埃：看么一大堆废纸有何用处？干吗不把当事人双方喊来，让他俩当面陈述和辩论！去，立即把发生纠纷的二位老爷请上来!

【两位老者上。】

两位老爷:(异口同声)大师好!

庞大固埃:这个案子是你们两个人的吗?

两位老爷:是的,大人。

庞大固埃:哪一个是原告?

拜兹居尔:是我。

庞大固埃:那么,我的朋友,此时此刻你要当着我和众人的面,把事情的经过一五一十地讲一遍。天主在上,假如你瞎说一个字,我就把你的脑袋从肩膀上割下来。我要叫你知道,在正义面前,只许说实话,不许撒谎。所以,你要格外小心,你所做的供述,既不许夸大,也不能缩小。现在你说吧。

拜兹居尔:大人,实际经过是这样的,(从帽子里拿出张纸)线索非常清晰!我家的一个老女人到树林里去卖鸡蛋……

庞大固埃:给他搬把椅子。你可以坐着说。

拜兹居尔:(坐下)多谢,大人!那时候从二至线当中向着天顶飞来了六块银币和一个杯子。正巧

巴赫金的狂欢

那一年利菲山上缺少虚伪诈骗，以至于废话和扯淡两个教派之间引起了有关瑞士反叛的具有煽动性的流言蜚语。这些瑞士人聚集的人数是三六九十，为的是在新年那一天拿汤喂牛，把煤炭的钥匙交给小女孩，叫她用面包扛木头……

一整夜的工夫，手放在水壶上，只顾去船上骑马，因为裁缝师傅打算用偷来的碎布做一个炮筒保卫海洋，根据捆草的人的意见，海洋正因为一锅白菜汤而怀孕，但医生说从它的尿上看不出战争爆发的迹象。从鸭子走路的姿势上，也看不出如何配着芥末吃铁锹，除非是法医的老爷们给梅毒下一道低半音的命令，不准再死盯着卖锅的，因为那些穷家伙，正按照节拍跳舞，一只脚在火上，头在裤裆下，已经够忙活的了。

哈哈，老爷们，上天按照自己的意思约束了所有的东西。赶车的把鞭子都打断了，法官只好转着圈舔他那长了鹅毛的手指头，至少，不见蛋糕不放鸟，因为鞋穿反了，常常会没有记性，愿天主保佑米台纳！

庞大固埃：好极了，朋友，好极了！慢慢说，不着急！你的逻辑很清晰，继续往下说。

于莫外纳（被告）：大人，大人，我想说。

庞大固埃：闭嘴！没人叫你说话，你就不要乱插嘴。原告讲得多好，等他说完了你再说，我保证让你说个够！

插图作者：马文哲

拜兹居尔：教皇又允许每人随便放屁，只要白布没画上道道，不管世上有多穷，只要不拿左手画十字，为公驴孵鸡蛋搭道彩虹，就允许那个女人不

巴赫金的狂欢

顾长睾丸的小金鱼的抗议,因为小金鱼是修旧靴子必用的工具,所以这一年的蜗牛特别多,可以解开肚子上的纽扣。大人,为了这个缘故,我要求被告赔偿所有的损失,包括利息。请大人明判!

庞大固埃:那么你没有别的话要说了?

拜兹居尔:大人,没有了。我以我的名誉担保,小鸟不会不停地拉屎!

庞大固埃:那么,现在轮到被告于莫外纳先生陈述了。只是,你说话要尽量简练,但不要漏掉有用的细节。

于莫外纳:大人,诸位老爷,如果人间的不平能像牛奶里的苍蝇那样可清清楚楚地被辨认出来,那么这个世界就不会被老鼠咬成这个样子。原告的陈述真像天鹅绒一般天衣无缝。啊,圣母啊!我们见过身材高大的军官在战场上放着响屁,如今连上等的呢绒也已经弄不到了,如果法院不下令,那么今年的抢劫之风要跟过去和将来的喝酒情形同样严重。假设一个受折磨的人在洗澡堂子里用牛粪抹自己的嘴巴,那么一切生物都落入黑暗之中。三十六岁那年,我买了一匹德国战马，我没有那么博学，可以用牙齿去咬月亮。有人说，吃了咸牛肉，在没有蜡烛的黑夜里照样能找到酒。俗话说得好，享受爱情的时候，就是火烧过的黑母牛也看得见。

诸位大人，请不要相信那位女人。当然，问题中的那头牛记忆力不太好。我敢保证，用六块银币，就可以买到市场上的全部羊毛，因为一副盔甲只要一有大蒜的味道，铁锈就腐蚀到内部的肝脏了。谁第一个添火，谁就会在唱歌的时候抹鼻涕。别的话没有了，我要求赔偿费用、损失和利息。

庞大固埃：原告还有什么要申辩的吗？

拜兹居尔：没有了，大人，因为我说的句句都是实话，看在天主的分儿上，请了结我们之间的纠纷吧，我们双方为此花了太多的诉讼费啦！

庞大固埃：好，诸位法官、学者、教授、专家，你们都听见双方的陈述了吧，你们怎么看？

众人：（异口同声）是的，我们全听见了。不过，我们一点儿也没听懂。

庞大固埃：那就让他们重新说一遍！

巴赫金的狂欢

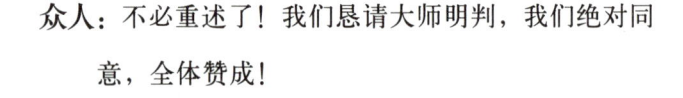

众人：不必重述了！我们恳请大师明判，我们绝对同意，全体赞成！

庞大固埃：（在原地转了两圈，略作沉思）那好，承蒙各位信任，我现在郑重宣判：由于蝙蝠的冲动，大胆地离开夏至线去追求无聊的游戏，它们因为惧怕阳光的刺激，先用小卒攻过来，这正是在罗马的天气，一个骑马的耶稣像，腰里挂着弓，原告有正当的理由修补渔船。叫那个老女人一只脚穿鞋，一只脚光着，吹气，吹得她良心结实坚硬，和十八头牛的毛一样多的琐碎事，也跟绣花的针脚一样密。所以，应该宣判原告无罪。

至于被告，不管他是补鞋的也好，偷东西的也好，制造木乃伊的也好，只要摇铃撞钟，都没有错，被告的辩论很有说服力，现判他三满杯酸牛奶，都要结成块的，和珍珠一样亮，一块一块的，叫被告在五月里的天气像八月半的时候付清。不过，被告还要提供草料和棉絮，好堵住嗓子里的东西。纠纷双方，要和好如初，免付任何费用。宣判完毕！

【众人怔怔地呆住了，然而报以热烈的掌声，齐

声高呼:"大人英明,法律至上!大人英明,法律至上!"灯光暗,追光灯打到舞台一角的巴赫金夫妇身上。】

叶琳娜:太可笑了,法律竟如此被嘲弄。

巴赫金:亲爱的,有时候以法律的名义可以制造出一塌糊涂的混乱!

叶琳娜:拉伯雷的笑声具有一股强大的颠覆力量。

巴赫金:是的,亲爱的,这是我正在思考和研究的有趣而严肃的课题。真理完全可以笑着说出来。

叶琳娜:可我们面前这种处境,又怎么能笑得出来呢?

【幕落】

插图作者:古斯塔夫·多雷

巴赫金的狂欢

【第四幕】

【1952年,博士论文答辩现场。答辩委员会主席一人、教授四人。记录员两人。旁听者若干,包括巴赫金的妻子叶琳娜。架着双拐的答辩者巴赫金。工作人员喊:"请各位教授及同学入座,答辩会继续进行!"众人先后入座,并把手里端着的咖啡杯和茶杯随意放下。】

委员会主席:好,各位教授、同学,刚才巴赫金先生花费了两个小时已将其学位论文——《拉伯雷论》的研究方法、历史背景和主要观点做了提纲挈领、言简意赅的阐释和陈述。现在请答辩委员会的各位教授同志提出问题,由巴赫金先生回答。

甲教授:首先,请允许我向巴赫金先生表示敬意。巴赫金先生,您今年已经五十七岁了,年龄比我还大。您这篇论文六年前曾提交给学位委员会公开审阅，但未获通过。此后，您根据专家们提出的意见做了充分的修改和补充。我们都知道，您的健康状况并不乐观，而学术研究又是一种艰辛的劳动。噢，我特别……我的意思是，您锲而不舍的这种精神、态度和毅力，确实在令我钦佩的同时使我感到某种困惑，我……我……我的意思您明白吗？

巴赫金：教授先生，不，应该称呼您为教授同志，这样更符合时代特点。我好像明白了您的意思。我妻子（回头指了指叶琳娜）经常会像您一样提出类似的疑问。是的，我已经快六十岁了，而且疾病缠身，用一句中国的俗话形容我此时的状态，是"黄土已经快埋到脖子"啦，棺材与坟墓离我很近很近。博士学位对我而言仅仅是一个葬礼上的花圈，可有可无。说实话，莫斯科或圣彼得堡的城市户口比学位证书更重要，至少它可以帮助我更方便地去就医看病，能更多地享受一点儿首都居民的副食供应。但是，这篇论文研究的问题同样重要。在世界文学的所有伟大作家之中，拉伯雷在我国最不出名，

最缺乏研究，对他的理解和评价也最为不够。别林斯基曾说拉伯雷是伟大的天才，是16世纪的伏尔泰。在很多学者看来，就其艺术和思想的力量及其历史意义而言，拉伯雷应与莎士比亚、塞万提斯相提并论。拉伯雷不仅在决定法国文学的命运上至关重要，而且在决定世界文学的命运上都起到了关键作用。人们从拉伯雷的小说中窥见民间诙谐文化，也就是笑文化数千年的发展，他是民间笑声在文学领域最伟大的表达者。所以，在我拖着多病之躯爬向死亡的坟墓之前，有拉伯雷那古老、爽朗而开心的笑声陪伴，内心无比快乐！

甲教授：谢谢巴赫金先生，我起立向您致敬！

乙教授：巴赫金先生，您的论文史料翔实、论据充分、逻辑清晰，处处闪烁着智慧与思想之光，我读后深受启发，获益匪浅。我的问题是，您为何要选择"笑"这一个相对轻小的问题，写就这么一本厚重的大作？

巴赫金：谢谢您的提问。正如您所言，"笑"是一个不起眼的小词儿，正如逗人一乐的民间笑话永远无法与宏大的政治口号相抗衡一样。笑是属于民间的、大众的、小人物的。它看起来虽然卑微、渺小、低俗，却是解开全人类之谜的万能钥匙！在一定意义上讲，人类的历史也是一部笑话史。人类在笑声中忍受苦难，并在苦难中寻找快乐。有些时候，笑是我们可以随身携带的唯一的防身器和娱乐器。笑能使我们与恐惧和痛苦保持距离。笑也是一种纠错和改正的力量，能防止人类快速异化。

丙教授：对不起，巴赫金先生，请允许我打断您。我有一个问题思考了很久，一直在脑海里挥之不去，早就想向您讨教，所以迫不及待地要向您提问，请原谅！

巴赫金：不客气，请问吧！

丙教授：我的问题是，我的问题是……（急得抓耳挠腮拍脑袋）真该死，真不好意思，这个问题我思考了许多年，一时又想不起来了。问题是……问题是……瞧我这脑袋，真丢人，问题这会儿跑到哪儿去了？明明就在眼前。

委员会主席：肖洛霍夫教授，请您先坐下，不要抓

巴赫金的狂欢

耳挠腮地起急。临时忘事是一种常见病，我有个姑妈就常常犯这种病，总是一边用钥匙开门一边又找钥匙，她早晨遛狗时也经常忘了牵狗，自己在寒风中走了两个钟头，回家一看狗还在屋里团团转呢。

丙教授：您说的这些话不可信，因为我知道你根本就没有什么姑妈，而且我也不叫肖洛霍夫。

委员会主席：你瞧，我的记性还不如您呢！哈哈，还有哪位教授提问？

丁教授：巴赫金先生，从您的论文中可以看出，笑是您的狂欢理论的核心概念。您认为狂欢式的笑具有深刻而复杂的本性。您能用简短的几句话把这种复杂而深刻的本性概括一下吗？

巴赫金：好的。狂欢式的笑，是一种节庆独有的诙谐。它不是对某一单独可笑现象的个体反应。首先，狂欢式的笑是全民性的，是大众人人都笑。其次，它是包罗万象的，它针对一切事物和人。整个世界看起来都是可笑的，都可以从笑的角度来感受和理解。最后一点，这种笑具有双重性，它既是欢乐兴奋的，又是冷嘲热讽的，它既否定又肯定，既埋葬又再生。

丙教授：（突然起身，哈哈大笑）我想起来了，我的问题我想起来了。您刚才说什么来着？快提醒我一下！噢，对了，对了，是那句"整个世界看起来都是可笑的"，您是这么说的吧？

巴赫金：是的。

丙教授：您看我可笑吗？

巴赫金：您也许是个例外。

丙教授：我这个人坚决反对笑。恕我直言，笑让我感觉很不舒服。有什么可笑的，世界上的一切难道都可笑吗？这个观点很不严肃，很危险。难道我们的政府可笑吗？难道我们敬爱的斯大林同志可笑吗？

巴赫金：教授同志，请您不要过于激动。我论文研究的对象是五百年前的中世纪民间文化，是完全依据拉伯雷《巨人传》的小说文本展开的。

　　严肃性是官方的、专横的，是与暴力、禁令、限制结合在一起的。在这种严肃性中总是有恐惧和恐吓的成分。您的提问就让我感受到了这一点。相反，笑与诙谐必须以克服恐惧为

前提。权力和权威永远不会用诙谐幽默的语言说话。笑与诙谐永远是人民大众手中自由的武器。我再重复一遍：中世纪的笑与诙谐绝对是非官方的，但它是合法的。当然，民间笑的这种自由，像任何一种自由一样，也是相对的，但从未在历史上根除过。

丙教授：巴赫金先生，请问严肃性有何不好？

巴赫金：我刚才已经说了，与诙谐相反，我指的是与笑的文化相反，中世纪的严肃性从内部充满恐惧、虚弱、顺从、谎言、虚伪的成分，导致了恐吓、威胁和种种禁令。严肃性借权势之口恐吓人、提要求、发禁令；在下属那里则是战战兢兢、温良顺从、溜须拍马、大唱赞歌。因此，这种严肃性引起了人民的不信任。这是官方的腔调，与所有的官方事物一样，总是装腔作势。严肃性压迫人、吓唬人、束缚人，它公开撒谎，伪善虚假。在筵席上、酒桌上，在节日广场上，作为假面的严肃腔调被抛弃，在诙谐、滑稽、戏仿、讽刺、调侃的气氛中，另一种真理开始传播！在那欢乐的瞬间，一切恐惧、烦恼和谎言都会烟消云散！

委员会主席：（看了看手表）好！由于时间关系，今天的论文答辩到此结束！请各位稍候，我马上宣布结果。

【主席与另外四位委员交头接耳。】

插图作者：马文哲

委员会主席：对不起，让各位久等啦！（他清了清嗓子，照着已事先起草的文字稿，郑重其事地宣读）

　　巴赫金先生提交的申请博士学位论文《拉

伯雷论》,经过六年反复修改,不断补充新的成果,质量大为提升。论文选题新颖、方法得当、史料丰富、论说充分、观点鲜明,填补了苏联学术界西方文学研究中不该有的一项空白。这部著作十有八九会成为名垂青史的经典之作。鉴于此,博士论文答辩委员会经过认真研究一致认为,该作已完全达到博士学位论文水平,现决定授予巴赫金先生硕士学位称号。宣读完毕,请大家鼓掌祝贺!

巴赫金:我抗议,你们有没有搞错,我申请的可是博士学位!

委员会主席:巴赫金先生,请别激动,不必那么严肃嘛!像您这把年纪和这么大的学问,谁还在乎您的学位呢?

巴赫金:这是风马牛不相及的两回事嘛!

委员会主席:怎么是风马牛不相及呢?您知道,这世界是普遍联系的。莫斯科的一个喷嚏,完全可能导致匈牙利发生一场动乱。

巴赫金:可这与我的论文有什么关系吗?

委员会主席:巴赫金先生,这看似没关系,其实关系大得很，简直就是因果关系。您想啊，如果您研究的不是拉伯雷，而是斯大林和高尔基，或者随便哪个苏联作家，那结果可就完全不一样了。我的意思您明白吗？

巴赫金：我完全不明白，而且彻底糊涂了！

委员会主席：中国人有一句俏皮话叫作"揣着明白装糊涂"，您不该是这种人吧？您还是好好想想吧！

叶琳娜：亲爱的，接受这个结果吧！正如您说的，世上的一切都是可笑的。

众人：是啊，是啊，巴赫金先生，一切都是可笑的。

【大家拍着手，又蹦又跳，欢快的音乐响起。】

【幕落】

【第五幕】

【当代。大学教室。某教授正与十余位学生进行课堂讨论,大家围坐在一起,气氛轻松、随意。教授站在中间。】

教授：怎么样,同学们?关于巴赫金的狂欢理论我已经作了较为系统的讲授,这次课堂讨论,请同学们自由发表见解,我们共同分享大家的心得体会。

甲女：老师,这次讨论课算成绩吗?我的意思是说,您就给打个分呗。

乙男：美女,你也太计较了吧,不说白不说嘛。

甲女：如果说了算白说,那我有权保持沉默,不想浪费我宝贵的唾沫。

教授：都要发言,今天的讨论将作为这门课期末考试的参考。

甲男：那我先说说呗,抛砖引玉嘛!反正谁都得讲,不讲过不了关。那我就带个头儿，让各位见笑了。

乙男：你有话就快讲，有歌就快唱，有那啥就快放，别把前奏整得太长，俺们东北人一着急就心慌。

甲女：淡定，淡定！让他把话说完嘛！

甲男：老师，我觉得吧，老巴的研究确实有深度，一般人的脑子琢磨不过他。我们平时也开玩笑，打哈哈，可从未觉得"笑"有那么多的讲究。听了您的课，又读了他的书，细想一下，他讲得似乎也许大概可能很有道理。比方说，他有这么几句话，我把它抄在笔记本上了，准备当作至理名言记一辈子。其中有几句特别给力，（照着笔记念）你们听：狂欢式的笑使人们摆脱了那些阴郁范畴的压迫，例如"永恒的"、"绝对的"、"始终坚持"、"不可动摇"。它们现在面对着世界快乐和自由的笑的一面，连同其未完成的和开放的性质……

丙男：快打住吧！这叫啥名言，啰哩啰唆，抽象枯燥，不仅晦涩，而且晦涩。

乙女：就是嘛，格言要简短利索干脆。不如我先背几句：笑是上帝赐予人类的最好礼物。人的笑

声是上帝的慰藉。

丁男：可拉倒吧！别一口一个上帝的，你以为自己是天使啊？人类一思考上帝就发笑，你可别让上帝笑得满地打滚。

乙女：笑是上帝唯一没有的表情，你见过上帝笑吗？

丁男：没见过，我不着急见他。不过上帝不笑，还是因为你思考的少。

乙女：去你的。大伙儿接着说格言。

乙男：笑是一种改正的力量，能防止我们成为怪人。

甲女：因为只有人类在这个世界上受苦，所以不得不发明笑。

丁男：不会大声说笑的人生是断了油的灯！该你啦！（碰了碰乙女）

乙女：不懂得笑的人，通常是自大而自负的家伙。

戊男：你要笑，全世界都跟着你笑。你要打呼噜，只有你独自洗洗睡吧！

甲女：微笑是两个人之间最短的距离。

丙男：美女的微笑使世界混乱。

乙女：所以我轻易不笑！

乙男：你可真幽默。

丙女：幽默是藏身于笑话之后的严肃。

乙男：严肃就是装！装啥？反正地球人都知道。

甲女：诙谐幽默是人们在社交场合最漂亮的服饰。

甲男：还是最高档的化妆品呢！

乙女：其实，幽默是生活波涛中的救生圈，是求生工具的一种。

乙男：嘲笑是愤怒的委婉表达！

丙女：才不是呢！嘲笑是小心眼儿人的怒气。

丙男：嘲笑是对真理的温柔考验。你可以嘲笑一切，但这并不能使宇宙变成一幅漫画。

丁女：哈哈，这句词很硬，上档次。

丁男：傻瓜是跟着别人而发笑！笑得太多就露出了愚蠢！

甲女：傻子的笑声最响亮！或者说，笑声响亮常常证明心灵空虚。

甲男：这是谁说的？

甲女：是日本人说的。

甲男：日本人说的不是人话，不算！

甲女：笑是说话的调料，不能当成主食。你别认真！

乙男：认真产生喜剧，玩笑就是认真的产物。

巴赫金的狂欢

教授：那严肃呢？

乙男：严肃是假装认真，或者说严肃不等于认真。

乙女：我同意他的观点。当我们理性地看待这个世界，我们就一定会发笑，若感性地看待，肯定会哭。

丙男：幽默和笑的真正来源不是喜悦而是悲伤！

丙女：如果你想追求头脑清醒，唯一的妙方就是笑，笑着摆脱一切！

丁男：我尊敬和钦佩有幽默感的人，因为能笑出来就意味着你正控制着局势。如果情况很糟，而你却能在其中找到幽默，就说明你没有被这恶劣的事态吓倒。

丁女：可是，去哪里找这种稀缺动物呢？

甲男：到剧场里去呀，看赵本山演小品，听郭德纲说相声嘛！

甲女：（作呕吐状）我要吐了！太恶心了！

乙男：周星驰行吗？

甲女：他太老了，干脆我们一块儿回到新石器时代吧！

丙男：笑声是可以跨越时代的，我拿起拉伯雷的小说就笑得不行了，只好把它放下。总有一天我会读它的。

丙女：西方文学史上诞生了不少像拉伯雷、塞万提斯这样的作家。他们的作品诙谐幽默。我还读过果戈理、契诃夫、哈谢克、里科克的小说，深刻而有趣。中国的作家总是板着面孔！

丁男：你说得并不完全正确。《西游记》就很好玩嘛！刚刚获得诺贝尔文学奖的莫言先生的小说也蛮夸张的。

丁女：我读不下去！

插图作者：古斯塔夫·多雷

巴赫金的狂欢

丁男：那是因为你已经丧失了笑的能力，或者是你太笨了，我说的只是一种可能。

丁女：那我还真笨不过你！你有笨的遗传基因！

教授：好了，好了，我们只是探讨问题，不能搞人身攻击！好，说到笑的能力丧失，"元芳，你怎么看？"（指甲男）

甲男：没有哇，我们好像一直在笑呀！

甲女：猪头，你那是傻笑。老师指的是那种巴赫金式的笑，笑得有思想和批判性！是吧，老师？

教授：也许吧！

乙男：我们又不是在中世纪，中国也没有狂欢节的传统。

教授：如果让你们自己组织一个狂欢节活动，你们愿意吗？

丙男：那恐怕不行。系里和学校能批准吗？

乙女：肯定行不通，在广场和操场上集会要报上级主管部门审批才行。

丁男：如果把校长、院长、系主任化装成小丑模样，任由学生们戏谑、调侃、嘲讽甚至踢屁股，那成何体统，我们就等着被开除吧！

丁女：老师，您可别玩我们啦，即使不被开除，也得背个严重警告或留校察看之类的处分，以后找不到工作，日子可咋过呢？

丙男：连食堂里的大师傅我们也不敢笑话，本来伙食就差，如果我们再嘲弄他，谁敢保证他不往饭菜里放苍蝇、蟑螂，外加吐唾沫！

教授：说到食堂，我突然感觉肚子饿了。哟，还真到了开饭的时间了。你们看这样行不行：我们搞不了狂欢节，但我们搞一个小小的游戏。一会儿，我和你们一起到食堂吃饭，我请客！

众人：（拍手）好啊，好啊，这个游戏好！

教授：你们可真有出息，就知道吃！我的意思是，等我们吃完了饭，每个人都在自己的嘴角、鼻尖、脸蛋或额头上故意沾上几颗米粒、菜叶、饭渣之类的东西，然后一起走出来，看看别人的反应如何，你们说这个游戏有意思吧？

众人：（一起摇头）没意思！

教授：为什么？我觉得很有趣，路上的同学遇上我们一定会特别奇怪，投来异样的目光，然后会哈哈大笑的。

巴赫金的狂欢

甲男：他们也许会报警的，说我们集体精神出了毛病。

甲女：食堂的服务员会阻止我们走出餐厅的，我们脸上沾的米粒和菜叶有"打包"的嫌疑，属于小偷小摸的行为，会被禁止的。

乙男：就是嘛，如果不小心让我女朋友看到了，她一定会说我给她丢了人，她会跳楼寻短见的。

乙女：我男友的脸皮也很薄，受不了这种刺激。

丙男：如果真有一群人尾随围观我们，那我们就惹大祸了，保安会把我们带走问话的。

丙女：真是的，我们还都年轻呢！老师，请您冷静、理智一点儿好吗？

丁男：冲动是魔鬼，老师，您何必冒这个风险呢？

丁女：老师，我们可都是为了您好！好好过日子呗，搞什么狂欢游戏，有好事您就自己偷着乐呗！

甲男：就是嘛，领导为这事儿没完没了地找您谈话，您烦不烦啊？

乙女：说不定校方会让您写检查呢！

乙男：必须的！学校肯定会给您降职、减薪。

丙女：就算您不为自己着想，也得替您的老婆孩子想想吧。

教授：唉，同学们，谢谢你们的开导，我…我…我……（哽咽）我说什么好呢？

甲女：老师，您啥也别说了，请我们吃饭就好了。您别哭呀，巴赫金说："世上的一切都是可笑的。"

教授（用手抹眼角，抽泣声）：是啊，世上的一切都是可笑的，走，我请你们吃饭去！

众人（欢呼雀跃）：好啊，好啊！（一齐有节奏地喊）吃啊，喝啊！吃啊，喝啊！嘻唰唰，嘻唰唰，嘻唰唰，嘻唰唰，耶，耶！

【众人互相击掌、拥抱，欢快的音乐响起，自发地跳起了街舞，洋溢着狂欢的气氛】

【剧终】

巴赫金的狂欢

苏格拉底

苏格拉底

出场人物

苏格拉底： 古希腊哲学家，公元前469年出生于伯里克利统治的雅典黄金时期，公元前399年被雅典法庭以引进新的神和腐蚀雅典青年思想之罪名判处死刑

克里托： 苏格拉底的朋友

斐多： 苏格拉底的学生，苏格拉底临死前与他对话，柏拉图对话录记载了这件事，即《斐多篇》

阿里斯托芬：古希腊早期喜剧作家，雅典公民

美勒托： 雅典诗人，起诉苏格拉底的三人之首

狄奥提玛： 希腊曼提尼亚的女祭司，曾向苏格拉底讲授爱的真谛

克珊西帕： 苏格拉底的妻子

阿伽松： 雅典悲剧诗人

克勒翁： 雅典的将军

厄刻克拉底：苏格拉底的学生

鞋匠、木匠、糕点商、法官、陪审员若干、狱卒、监刑官、苏格拉底的儿子们、群众若干

【引子】

【斐多跟跟跄跄上,步履沉重,满脸疲惫。经过两个青年身旁时突然跌倒。俩青年急忙上前扶起,拿出水壶,喂水。】

青年甲: 朋友,你是谁?

青年乙: 你从哪里来,要到哪里去?

斐多:(慢慢醒来,语速缓慢,有气无力)我好像又听到了哲学问题:你是谁,从哪里来,到何处去?自老师死后,已经好久没人这么提问了。

青年甲: 哈哈,你是苏格拉底的学生斐多吧?

斐多: 是的,我从雅典来,要到弗利去。一路上忍饥挨饿,竟摔倒了。你们想必已经知道了,苏格拉底被处死了。

青年乙: 我们听说了,太可惜了!大家都说这是个前所未有的冤假错案。但我们不知道细节,你给我们讲讲吧。

青年甲：是啊！其实，这些日子我们都盼着你来呢，我们听说苏格拉底死后，你一直四处流浪，讲述他的故事。

青年乙：请问，当苏格拉底被处死时，你跟他在一起吗？

斐多：是的，我就在他身边。

【厄刻克拉底上。】

厄刻克拉底：那么，老师临终时说了些什么，他是如何面对死亡的？

斐多：那么你们知道他的审判过程吗？

厄刻克拉底：有人告诉了我们，我们觉得很惊讶，因为从审判结束到执行死刑，中间明显隔了一段很长的时间，那究竟是怎么回事？

斐多：那是一个幸运的巧合，就在审判前一天，雅典人刚好把花篮安放在准备开往提洛的大船的船尾上。

厄刻克拉底：那是什么样的船？

斐多：传说当年这条船曾救过雅典人的命，为了报恩，雅典人曾向阿波罗许诺，他们每年都会去提洛朝拜。一直到今天他们都在履行诺言。朝

拜期间，雅典必须保持干净，不许公开判处死刑。苏格拉底的审判正是朝拜仪式开始的时候，所以苏格拉底在监狱里等待了那么长时间。

厄刻克拉底：可是斐多，老师临死时到底是怎样的，他说了什么、做了什么，哪些人和他在一起，监狱的看守有没有阻止苏格拉底的亲人和朋友探望？

斐多：监狱官没有阻止。他的妻子和儿子以及不少朋友陪伴在他身边。苏格拉底走得很从容、安详。

厄刻克拉底：如果你不着急赶路，就把苏格拉底的故事详细讲给我们听吧。

《苏格拉底》剧照1

斐多：不，我并不急着走。我这就告诉你们事情的真相。对我而言，这世上没有任何事情比讲述苏格拉底的故事更有意义。

厄刻克拉底：太好了，斐多，我们与你有同感，不管现在还是将来，哲学都会是人类精神的必需，苏格拉底的哲学思想将照亮我们的前程。

苏格拉底

【第一幕】

【灯光渐起,音乐出,长衣大帽人从观众席走上舞台,在舞台上进行幽暗阴森的形体仪式,展现苏格拉底的反对势力,灯光渐收。】

【光未起,音乐与笑声先出。光起,舞台上有三个青年表演着什么,周围有三五人围观,其中有美勒托和阿里斯托芬。】

围观青年1:再蹲下点,再蹲下点。

围观青年2:把屁股撅起来,对,对,对,再高一点儿!请看,苏格拉底先生正在观察天象呢!

围观青年3:对,没错,没错!再高一点儿!那会看得更远。你看见宙斯了吗?他长得什么样子?

【围观青年哄笑着指点正在表演的青年,正在表演的人也嬉笑着配合做出丑陋的表情和姿势。】

表演青年1:什么宙斯?别说傻话,宙斯是不存在的。

表演青年2:说得对!爸,宙斯是不存在的。

表演青年3：那难道雨不是宙斯撒的尿，雷不是宙斯放的屁吗？

表演青年2：哼！那么，是不是呢，苏格拉底先生？

围观青年1：瞧这傻徒弟，哈哈！（大家哄笑）

围观青年2：快说话呀，快呀，无所不知的苏格拉底先生！

表演青年1：雨自然是云神下的，因为没有云就没有雨。雷就是云和云在碰撞时发出来的响声。

表演青年2：没错！爸，你听到了吧，都是云神干的！

表演青年1：好徒弟，带着你爹多向云神祈祷吧！我进去睡一会儿。

围观青年3：快装睡啊！（表演青年1配合着在舞台上睡着）

表演青年3：哎呀，我的儿，你快跟我去杀了苏格拉底！是他欺骗了你和我！

表演青年2：可是我不愿伤害我的师父。

表演青年3：你应该尊重祖先的宙斯。

表演青年2：（对着观众说）听他说什么祖先的宙斯。（对父亲）你真是老腐朽，哪有什么宙斯？！

表演青年3：有！

苏格拉底

表演青年2：你就在这里神经错乱、自言自语吧！

（下场）

表演青年3：仆人们，快来！拿着梯子和斧子出来！

【表演和围观的青年们哄闹在一起，美勒托和阿里斯托芬坐在一旁微笑地看着。斐多上场，在一旁站立观看。】

表演青年3：把他的屋顶拆了！拿个火把来，烧死他！

表演青年1：（从场后上）哎呀，谁在烧我们家的屋子？

表演青年3：就是一个被你欺骗的人。

表演青年1：哎呀，晦气，我要闷死了！哎呀，倒霉，我要被烧死了！

表演青年3：你凭什么侮辱众神！仆人们，快去打他！他挨打的理由可太多啦，特别是因为他亵渎了众神。

【斐多看到这里气愤非常，走到台中。】

斐多：停！你们凭什么侮辱我老师？！

表演青年1：我们这是在演戏，这是戏中的苏格拉底。（有几个人一起附和）

美勒托：亲爱的斐多，我们这是在向大师的作品致敬呢！你可是不知道昨天的酒神节戏剧大赛上，阿里斯托芬先生的这部作品赢得了全场观众的掌声呢！

阿里斯托芬：哦，是吗？我的戏每年都为观众所称道，就是得不了奖呢。

美勒托：今天您的这部《云》我敢肯定能拿一等奖。

斐多：（冲向阿里斯托芬）阿里斯托芬，你这是什么意思？！你凭什么侮辱我老师？！

阿里斯托芬：谁会像你一样傻到把戏里的事情当真呢！

《苏格拉底》剧照2

苏格拉底

【斐多正要说话,苏格拉底上场。现场安静,众人纷纷起立,向苏格拉底问好。】

苏格拉底:阿里斯托芬说得对,斐多,何必为了这样一个虚假的问题在阳光明媚的日子里争得面红耳赤呢?

斐多:可是阿里斯托芬怎么能把您写成一个亵渎神灵的诡辩家呢?我们大家都知道您是个无所不知的智者。

苏格拉底:我并不是个无所不知的智者,恰恰相反,我知道自己并非无所不知,所以才不算是一无所知。

阿里斯托芬:(热情地鼓掌)伟大的智者又要开始发表演说了。您接下来的发言将成为我下一出喜剧的创作素材。

【美勒托和之前表演的青年低头商量着什么,美勒托走近苏格拉底。】

美勒托:苏格拉底先生,我想和您谈谈。有许多问题让我感到困惑不解甚至头晕目眩。

苏格拉底:你等等,此时此刻你感到头晕目眩吗?

美勒托:是的。

苏格拉底：那就对了，这种感觉就是哲学的开始。智慧产生于困惑。当然，如果是因为阳光的强烈照射而导致中暑，那就是医学的问题了，你可以去看看医生。

美勒托：不，不，不是中暑，是内心的困惑。尊敬

《苏格拉底》剧照3

苏格拉底

的先生，我经常思考关于真理、美德、勇敢、正义、爱情与友谊等话题，我多么希望可以得到你的指点！

苏格拉底： 你的困惑同样也是我的困惑。我们唯一能做的是在相互的对话交谈中找到自我。认识你自己，没有比这更根本、更重要、更艰难的事情了。我的使命就是与你共同探寻真理，而不是充当一个居高临下的先知，把需要探讨的问题当成定论传达给未知者，这样做，不是一种好的教育。

美勒托： 可是我没有能力找到答案啊，苏格拉底先生！思考除了给我带来迷茫与痛苦，其余的我一无所获。

苏格拉底： 你这是临产前的阵痛，因为你"怀孕"了。

斐多： 老师，难道你没看出来？他可是个地地道道的男人啊！（众青年哄笑）

苏格拉底： 我的眼睛完全可以分辨出男女相貌的差异。我只是作个比喻而已。他不是空空如也，已经怀上了真理的种子，正等待分娩，一个新的生命将在阵痛中诞生。我的母亲是位技艺高超的助产婆，我继承了她的手艺，能够清晰地检验出你们心灵中所产生的到底是真是假。神让我担当人的智慧的接生婆，而我自己却不能生产。正如人家指责我的那样，说苏格拉底只会提问，而不能给出答案。是的，他们说得没错，接生是神的旨意，也是我苏格拉底的职责。我自己虽然不能"生育"，却亲手迎接了许多新的生命。

美勒托：苏格拉底，我还是不明白，如果你不给出结论，我怎能获得新的知识呢？

苏格拉底：这样做是完全可行的，请你不要把我当作知道问题答案的人，正因为我不知道，所以我才和你一起交谈，目的就是要共同探索真理。其实一切答案都是你自己给出的。比如说，什么是美德？

斐多：我觉得美德就是……

苏格拉底：你想想再回答。

表演青年1：我认为诚实忠厚、不欺骗别人就是美德。

苏格拉底：我完全同意。不过，为什么与敌人打仗时，我军要千方百计地欺骗敌人呢？

苏格拉底

斐多：欺骗敌人是可以的，但不能欺骗自己人。

苏格拉底：赞成你的观点。但当我军被敌人包围时，为了鼓舞士气，将军欺骗士兵说援军已经到了，大家奋力突围，结果赢得了战役。这种欺骗不是美德吗？

表演青年2：苏格拉底，你说的是战争状态，是出于无奈。在日常生活中这样欺骗就是不道德的。

苏格拉底：是吗？假如你的小孩生病了，又不肯吃药，作为父亲，你说这是好吃的，很甜，骗孩子把药吃下，这算不算美德？

表演青年3：苏格拉底，这当然不违背道德啦！

表演青年1：这么说来，不骗人是美德，骗人也是美德了？

美勒托：骗人不骗人不是判断美德的标准，还要看他是否知道什么是美德。你说是吗，苏格拉底先生？

苏格拉底：谢谢你，你让我弄懂了美德是什么。现在我向你保证，我不是为了驳倒你，而是因为我自己要搞清问题。真理比面子更重要。你不是说过，发现事物的真相对全人类都是一件好事吗?

美勒托：是的,苏格拉底,当然是好事。

苏格拉底：那么,可爱的先生,我们应该开心一点才是。不要垂头丧气,或者气急败坏。你我的辩论不在乎谁输谁赢,而是为了寻求证明,你可以驳倒我苏格拉底,却驳不倒真理。

斐多：对!

苏格拉底：只有聪明的人才能真正认识自己。他能考察他知道或不知道的事情,还能够明白其他人知道些什么。有些人要么认为自己知道某些事而实际上并不知道,要么他们并不知道某些事,却以为自己知道些自己实际上并不知道的事物。这就是智慧、节制和认识自我,因为一个人要知道自己知道什么,又要知道自己不知道什么。这是你的意思吗?

美勒托：是的。不过,苏格拉底先生,你的表述听起来就像大家说的那样,像绕口令一样。你就像是阿里斯托芬先生刚才那部戏里的诡辩家一样。

苏格拉底：绕口令是用"困难的语言"表达"语言的困难",这也是一种技艺,要通过学习才能获

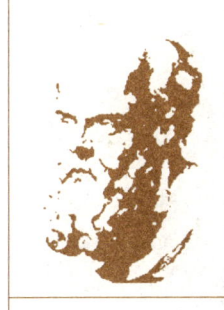

得。学习不光是年轻人的事情,我也需要不断地学习。我的朋友,我认为在人的一生中我们每个人都应当为自己寻找一位最好的老师。包括那些年长者,不要因为自己年纪大了而放弃探寻真知。伟大的诗人荷马说过,"羞怯对于乞讨的人来讲不是好品德",不耻下问才是求学者应有的心态。

【场外传来女人的喊声:"苏格拉底,回家吃饭啦!"】

阿里斯托芬: 苏格拉底,这是你老婆的声音。快走吧,快回家吃饭吧!

苏格拉底: 女人总是这个样子,你们可以想象得出来!

【克珊西帕上场。】

克珊西帕:(急匆匆地走上台,气哼哼地一手叉腰一手指着苏格拉底的鼻子)你还记得有个家吗?你还知道有我这个妻子吗?

斐多: 一个成功哲学家的背后必定有一个泼妇一样的妻子。老师,您说的可没错啊。

苏格拉底:(对着克珊西帕)他们都认为这句话是我的名言,其实我并没说过。

克珊西帕：你天天就知道在街上胡扯闲聊，你走着瞧吧，有你好看的！（对着美勒托）别听他的胡说八道，还认识你自己呢，你问问他，他还知道自己姓什么吗？哼，总有一天他会倒霉的！

苏格拉底：（冲着观众耸耸肩，无奈地摊摊手）我刚才说什么来着，女人就是这个样子！战争和哲学都需要女人走开。走吧，还是先填饱肚子吧！

【苏格拉底、克珊西帕、斐多一起下场。】

《苏格拉底》剧照4

围观青年1：刚才苏格拉底先生有说清楚什么是美德吗？

表演青年1：苏格拉底先生似乎更偏爱与青年人辩

论，而不喜欢给出问题的答案。

美勒托：别胡说，苏格拉底先生是世上最聪明的人，我们一时还无法领会他的智慧。

围观青年2：不明白，不欺骗是美德，欺骗也是美德？哎呀，我被彻底搞懵了。

表演青年3：这不就是诡辩吗？

围观青年2：怎么会呢，人人都说苏格拉底先生是雅典青年的向导啊！

表演青年3：那我问你，是解决问题重要呢，还是制造问题重要？

【围观青年无言，面面相觑。】

美勒托：仔细想想的确是解决问题更重要，苏格拉底先生不会误导青年吧……不可能，不可能，他怎么会犯这样的错误呢？

表演青年3：我看未必，苏格拉底只是故弄玄虚罢了。

【阿里斯托芬觉得场面尴尬，起身欲走。】

美勒托：怎么能这么说呢？我想这个问题阿里斯托芬先生是最清楚的吧。

阿里斯托芬：我只是个诗人罢了，哲学上的事情不太了解。

表演青年2：（来到阿里斯托芬身边）阿里斯托芬先生，我们都非常敬佩您洞察人心的能力呀！

表演青年3：是啊，您在《云》里把苏格拉底先生塑造得活灵活现，想必您一定很了解苏格拉底先生的为人吧？

阿里斯托芬：正如我刚才跟斐多说的那样，只有傻子才会把戏里的事情当真呢！

表演青年3：那也总得有个生活中的原型吧，先生。

阿里斯托芬：我在以前的戏里还写过执政官伯利克里先生和克勒翁将军呢！难道你们认为克勒翁将军也像我的戏中那样只是个跳梁小丑吗？

【三个表演青年面面相觑，瞠目结舌，美勒托上前。】

美勒托：让克勒翁将军做我们的领袖是神对我们的恩泽啊。

阿里斯托芬：哦？这究竟是神对我们的恩泽还是对他自己的恩泽，那就不好说了。

美勒托：咱们现在雅典城有现在的秩序，不正在于神赐予克勒翁将军过人的智慧和品格吗？

阿里斯托芬：哦，是吗？想必观众在我的戏里已经

发现了这一点，要不然他们也不会发笑的。

美勒托：阿里斯托芬先生，我们都理解您善意的玩笑，我们都和您一样是最崇敬神、最拥戴克勒翁将军的。

阿里斯托芬：啊，美勒托先生，您要没什么事那我就先走了。

【阿里斯托芬转身下场，被美勒托拦住。】

美勒托：阿里斯托芬先生，请您听我说完，您昨天的那部戏中体现出的正直和勇敢让我深深地钦佩，我认为您是雅典公民的典范，我相信您一定会为了正义挺身而出的。

【阿里斯托芬沉默不语，美勒托继续说。】

《苏格拉底》剧照5

美勒托：可是现在有一个人，仗着有点儿口才每天惹是生非，蛊惑青年，在城中传播亵渎神灵的思想。可他却自诩是世界上最聪明的人，我觉得吧，这聪明的人呐，就该办点儿聪明的事儿。

阿里斯托芬：哦？可就怕那不聪明的人呐，老想干那聪明人的事儿。

【阿里斯托芬下场，光收。】

【幕落】

苏格拉底

【第二幕】

【灯光渐起，苏格拉底的家。】

克珊西帕：站起来！

【光起，克珊西帕、苏格拉底站立。】

克珊西帕：让你坐下吃饭了吗？！

苏格拉底：我刚才和那些年轻人探讨了半天，都饿了。

【克珊西帕进屋里，端盘子出。】

克珊西帕：啊，他们只管聊不管饭呐。

苏格拉底：还是家里的饭好吃啊。

【克珊西帕翻了个白眼，苏格拉底欲坐。】

【克珊西帕将盘子放到桌子上。】

克珊西帕：起来！（苏格拉底立马站起来）还没同意让你坐下呢！

苏格拉底：再不吃，菜就该凉了。

【苏格拉底坐下吃饭。】

克珊西帕：知道凉还不早回来？！一天到晚就知道

说说说，能当饭吃啊？！在外面那么多话，一进家就变哑巴了。

【苏格拉底低头吃饭，克珊西帕拿起桌上的针线筐缝衣服。】

克珊西帕：整天谈那些哲学哲学，那哲学是能让你吃饱啊，还是能让你变富啊？！人家那些智者在广场上摆个摊子，讲一讲，那金币就哗哗地进了口袋。你倒好，不仅挣不来钱，还恨不得倒贴钱让人家听你讲。

苏格拉底：哲学的乐趣、思维的快乐是无法用金钱衡量的。（欲说）算了，跟你说你也不懂。

【克珊西帕把碗夺走。】

克珊西帕：好好好，你去快乐去！看哲学带来的快乐能和烤牛肉相比嘛！

【苏格拉底欲把碗拿回来。】

克珊西帕：好，你这个大哲学家倒跟我说说，这小牛肉得多少钱啊！还有这茴香豆、这豆羹都多少钱？

苏格拉底：谈哲学，我擅长；算价钱，你擅长。如果让你来谈哲学，我去市场买菜，那岂不是乱

成一团?

【克珊西帕把碗放回桌上。】

克珊西帕:什么都堵不住你的嘴。

苏格拉底:你说错了。唯一能堵住我的嘴的就是你做的烤牛肉。

克珊西帕:行了,一天到晚跟掉了魂似的往广场跑,围着你那帮学生打转,不停地问人家这个问人家那个。你一天天和别人争论,你图什么呀你!再看看你交的那些狐朋狗友,人家阿里斯托芬写了个戏,把你编排成了一个疯疯癫癫的骗子,街坊邻居都笑话我,你让我这脸往哪儿搁?!

苏格拉底:是吗?阿里斯托芬写了一个讽刺我的戏,倒让我的妻子不舒服,这倒是个有趣的现象。为什么你会觉得脸上没光彩呢?

克珊西帕:行了行了,别拿你问你学生那一套对付我。我还有活要干呢,没空在这空谈。

【克珊西帕收拾碗下场,苏格拉底吃完东西也起身欲走。】

克珊西帕:你又要去广场?

【克珊西帕上前拉住苏格拉底。】

克珊西帕：我不许你去！

苏格拉底：为什么？

克珊西帕：你看不出来吗？最近到处是关于你的流言。好些人在那鬼鬼祟祟地议论你。你就少出去两趟，少说点儿话吧！

苏格拉底：他们能说我什么？我没有政治野心，也不关心政治。有人喜欢钓鱼，有人喜欢冥想，我别的爱好没有，只是喜欢和大家分享辩论和思维的乐趣。如果这点儿乐子再不让我有，那我还不如去死好了。

【克珊西帕搬了一把椅子摆在苏格拉底面前。】

克珊西帕：大道理我不懂，反正就是不许你去广场。人家别的智者一开口，得到的是金钱。你一开口，来的都不是好事。好不容易盼你当个官，让你审个案子——那次海战死了多少人，我恨死那些当官的——你倒好，打起官腔，什么公平呀，正义呀，想把那些大老爷都无罪释放。

苏格拉底：那我倒想问一下，你为什么要判他们死刑，我判他们……

苏格拉底

克珊西帕：你别打岔，我没心思和你争辩。你知道那件事你得罪了多少人吗？有一个月我都没敢去市场。幸亏后来把你撤了！要是真让你把他们放了，咱们就得带着儿子搬家了。还整天跑到广场上说月亮是一团土，太阳是一团火。哎呀，我的神啊，这样的话你也敢随便讲，万一被哪个人听到散播开来，我和孩子们也得跟着倒霉。反正，不听女人言，吃亏在眼前。我奉劝你一句，要珍惜生命，远离哲学。

苏格拉底：那你相不相信，月亮是团土，太阳是团火呢？

【克珊西帕好奇地看着苏格拉底，摇摇头。】

克珊西帕：我们的太阳是阿波罗神的化身。

苏格拉底：那我有办法让你看到月亮是团土，太阳是团火，你信不信呢？

克珊西帕：你不出去了？

苏格拉底：今天不出去了。

【克珊西帕高兴地抱住苏格拉底。两人下场。】

【幕落】

【第三幕】

【克勒翁出现在舞台后区,走向美勒托。】

克勒翁:您觉得他是个疯子?

美勒托:毫无疑问。不想干活儿,整天游手好闲地在街上逛荡,和青年们东拉西扯,给我们的生活带来了不安定的因素。

克勒翁:这都多少日子没下雨了?

美勒托:(并未抬头)想必神也被惹恼了吧。

克勒翁:哎,神为什么被惹恼了?

美勒托:毫无疑问,是因为他一直在捏造他所谓的新神,同时不相信原有的神。在他身边也围绕着一群不信神的人。那个喜剧诗人阿里斯托芬……

克勒翁:哦,我知道,他的《阿卡纳人》好像得过奖,要求我们和斯巴达人和解?

美勒托：是他。

克勒翁：他倒是一个不错的诗人啊！

美勒托：可他在他的剧作里将宙斯描绘为一个无赖。

【克勒翁不说话。】

美勒托：而且，包括背叛我们雅典的一些官员都曾是苏格拉底的学生。这些您都忘了吗？

克勒翁：您觉得苏格拉底是个危险人物？

美勒托：显而易见。阿尼图斯先生早就不满他的儿子整天跟苏格拉底混在一起了，结果今天早上他的儿子为了一件小事居然顶撞了他，还嘲笑他无知。今天上午阿尼图斯先生去找苏格拉底理论，结果苏格拉底当着全广场人的面羞辱了阿尼图斯先生。真是全雅典都不放在他眼里！

克勒翁：这个狂妄的家伙！

美勒托：再这样下去，奴隶会反叛主人，儿子会羞辱父亲，妻子会顶撞丈夫，我们所要维持的雅典的文明和正义就会毁于一旦！

克勒翁：您觉得怎么办好呢？

美勒托：起码他不应该在这个城市里再生活下去。

克勒翁：如果他愿意适当地减少他的言论，我想也是一个可以接受的方案。至于方法嘛，可以不拘一格。

美勒托：我想我已经有了一个不错的办法。

【幕落】

苏格拉底

【第四幕】

【庆祝酒宴。苏格拉底等人围坐在餐桌旁,第二场出现的群众也围坐在桌旁。酒过三巡,众人醉意明显。】

阿里斯托芬:亲爱的朋友们,来,让我们举起酒杯,庆祝阿伽松在这次戏剧大赛中获得一等奖,干一杯。

阿伽松:哦,谢谢你,亲爱的阿里斯托芬!但愿有一天我也能写出像您的《阿卡纳人》那样的杰作。

阿里斯托芬:完全可以!您需要的只是一点点勇气和厚脸皮。说真的,当时《阿卡纳人》演出的时候,我想欧里庇得斯一定气坏了。但我不管,悲剧就应该有个悲剧的样子,庄重、典雅、高贵,我就是瞧不上他把所有的破烂都堆到悲剧里,啰哩吧嗦、苦了吧唧、哭哭啼啼的样子。我写得痛快极了,观众看得也爽快啊!

阿伽松：您知道我欣赏的不止这一点啊！能直言不讳地批评我们雅典人那糊涂、狂热的爱国热情，也就您能做到了。

阿里斯托芬：啊，我已经做好迎接臭鸡蛋的准备了！我在里头可把我们的公民一通挖苦、嘲讽啊！没想到大家都喜欢那部作品，一高兴还给它颁了一个奖！有的时候观众的心情还真是难以琢磨！

斐多：不过，这次您的《云》没有获奖，让我们都颇感意外啊！

阿里斯托芬：这次我只是缺少一点儿运气罢了。

苏格拉底：我觉得这是一部非常好的作品，我本人也笑了很多次呢！（对阿里斯托芬）你在剧场里开我的玩笑，使我仿佛置身于很多好朋友之间。不过，如果你下一部戏还是写我的话，能不能让我的形象不那么滑稽？我的妻子可因为您的戏不高兴了呢！

斐多：那是！师母的脾气可是非常暴躁呢！

【众人热闹地谈论起来。】

阿伽松：亲爱的朋友们，我提议把这杯美酒敬献给

苏格拉底

爱神吧！感谢爱神和美神指引诗人将美好的诗句奉献给观众。

苏格拉底： 好，阿伽松，我赞同你的提议。那些美好的诗歌不是人写的，是神的作品。诗人是神的代言人，神依附在诗人身上，支配着诗人。我敬你一杯，也敬神一杯，为你的精彩之作干杯！

阿伽松： 爱情使人迷狂，就像美酒醉人一样，让我天旋地转。没有爱情的人头脑清醒，我想保持这份清醒，却又渴望爱情。喝水不能代替喝酒，再干一杯！

《苏格拉底》剧照6

苏格拉底： 可爱的阿伽松，不要害怕迷狂，对爱情的迷狂不是罪恶。神志清醒并不比充满激情更值得赞赏。爱的迷狂是诸神的馈赠，是上苍给人的最高恩赐。

斐多：老师说得对！啊，爱情与灵魂的隐形翅膀，能带着沉重的东西飞向高空！

阿里斯托芬：好吧，苏格拉底，我听你的，我打算用一种新的方式来赞美爱神。我确信人类根本没有认识到爱的力量。如果我们懂得什么是爱，就会替爱神建起最庄严的殿堂和最华丽的祭坛，举行最隆重的祭典！

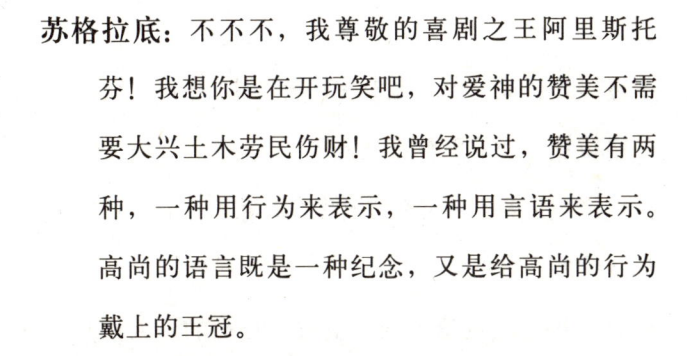

苏格拉底：不不不，我尊敬的喜剧之王阿里斯托芬！我想你是在开玩笑吧，对爱神的赞美不需要大兴土木劳民伤财！我曾经说过，赞美有两种，一种用行为来表示，一种用言语来表示。高尚的语言既是一种纪念，又是给高尚的行为戴上的王冠。

阿伽松：那么苏格拉底先生，到底什么是爱呢？

苏格拉底：就这个问题我们可以请教一下狄奥提玛女士，她对爱情有许多真知灼见。我亲爱的狄奥提玛，请你告诉我们：什么是爱呢？

狄奥提玛：亲爱的苏格拉底，其实你比我更清楚，

苏格拉底

爱是那种介于可朽与不朽之间的东西。

阿伽松：你这样说是什么意思呢？

狄奥提玛：它是一个非常强大的精灵。凡是精灵都介于神与人之间。它既不是可朽的，又不是不朽的，因为它一天之内有多种变化，有时会生机勃勃，有时会垂头丧气。而且爱必定是智慧的热爱者。

苏格拉底：尊敬的夫人，你说得非常好！我可否将爱理解为对美的事物的爱？

斐多：对啊！比方说，我爱美女。

狄奥提玛：或者说，是对美和善的事物的热爱。

苏格拉底：您的解释更准确。

狄奥提玛：我们一定都想把善的东西变成自己的。

苏格拉底：是的。

狄奥提玛：通过使善的事物成为自己的，人们将获得什么？

苏格拉底：这个问题我可以简洁地回答：他将获得幸福。

狄奥提玛：这就对了。幸福的人之所以幸福，就在于他们拥有善。爱这种能迷倒所有人的力量就包括对幸福和善的企盼。当然，有这种企盼的人并不都是处在爱情之中的，爱与爱情不能画等号。

苏格拉底：我还一时无法区分两者的区别。

狄奥提玛：爱包括各种对幸福和善的企盼。像诗人、运动员、商人，他们对各自从事的行业都有着自己的期许，但这不是爱情，只有那些追求善和美的灵魂才能被赋予爱的名称。

苏格拉底：对，我认为你的看法是正确的。爱的追随者在这种追求中通常会怎么办？

狄奥提玛：爱的行为就是孕育美：既在身体中，又在灵魂中。

苏格拉底：我担心这太深奥了，我匮乏的理智一时还弄不懂。

狄奥提玛：好的，我会说得更明白一些。比方说，我们每个人都有生育能力，而美是主宰孕育的女神。凡是发育成熟的人，一旦遇上了美丽的爱人，马上就会神魂颠倒，欢欣鼓舞，很容易怀孕；如果相貌丑陋，就会兴味索然，不肯上床。为什么要企盼生育呢？因为只有通过生育，凡人的生命才能延续和不朽。也就是说，性爱

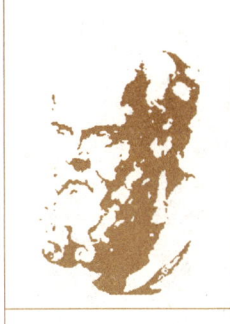

苏格拉底

就是对不朽的企盼。爱是通向永恒的道路，通过爱，我们感受到善和美的所在。我亲爱的苏格拉底，如果说人的生活值得过，就是因为看到了美本身，而不是受到金钱、俊男、美女、靓装的迷惑，美是永恒的。

苏格拉底：（拍手叫好，其他人跟着一起鼓掌）各位先生们，谢谢狄奥提玛的精彩指教，我心悦诚服。我想各位也有与我同样的收获吧！

阿里斯托芬：我以酒神的名义发誓，但愿苏格拉底拥有这样的女人！

苏格拉底：阿里斯托芬，你这个靠讽刺挖苦别人过日子的家伙，一直拿我这个丑陋的糟老头取笑，我对肉体之美始终保持一种体面的冷漠！

阿伽松：哈哈，我亲爱的苏格拉底，阿里斯托芬已经靠编排讽刺你的喜剧发财了呢，你又不是不知道！

苏格拉底：可不是嘛，当时在看《云》的时候把我笑得前仰后合。阿里斯托芬，你有嘲笑一切的权利，你无疑将成为人类历史上伟大的喜剧之父。我凭宙斯的名义起誓，不论你如何嘲讽我，我都会做你的忠实的观众。人类的笑声也是神灵的恩赐。在雅典自由、民主的空气中一定要有公民的笑声！

阿里斯托芬：谢谢苏格拉底的宽容与包涵。笑着讲出来的真理对人们的盲从狂热和固执是一剂解毒剂。可是，不是每个人都能体会这笑声背后的真意，而仅仅因为它的嘲笑意味而内心起了愤怒之意。像你这样的宽容与包涵，不是每个人都能做到的。

【克里托上。】

苏格拉底：克里托，你怎么才来？我们刚才的讨论精彩极了，可惜你错过了。

克里托：本来我会早点过来的，可是刚才路过广场的时候，听到有人在散布对您不利的言论，我停下来听了几句非常生气，于是和他争辩了起来。

阿伽松：是谁？

克里托：一个叫美勒托的人。

阿里斯托芬：哈，那个蹩脚的诗人，我知道他。他的演讲没有被人们喝倒彩吗？

克里托：恰恰相反，他指责老师腐蚀青年人的思想，

苏格拉底

不敬神。

斐多：我也听说过这个人，一直不遗余力地反对老师。

克里托：苏格拉底，我有个提议，希望您去别的地方避一避。

苏格拉底：离开雅典吗？看来事情严重了。

【阿里斯托芬吹了个口哨。】

克里托：是的。我有种不祥的预感，有一些人一直在反对您，而且现在他们的影响似乎越来越大了。

阿里斯托芬：苏格拉底，容我严肃地说一句。雅典的权贵和公民们可以包容我那嘻嘻哈哈的喜剧之笑，却不一定能容忍你喋喋不休地探寻真谛。（转向苏格拉底，低声道）我再次凭借酒神的名义劝告你，要小心谨慎，言多必失，不要因言获罪。但愿你永远收不到法庭的传票，过上平静而幸福的生活。再见！多保重！

苏格拉底：谢谢你的善意！我不是一个懦弱的胆小鬼。阿里斯托芬，请记住，勇敢就是坚持某种信仰！朋友们，再见！

【苏格拉底向众人挥手，跟跟跄跄下。】

【幕落】

【第五幕】

【雅典街道，有一些工匠在各自忙着。】

鞋匠：说我无知？我都修了一辈子的鞋了，谁不知道我的手艺全雅典最出名，他会吗，他？

糕点商：哲学家的话，你不用放在心上。

木匠：有时候他们连自己说什么都不知道。

【三个围观青年上场，向工匠们走去。】

围观青年1：（拿起一块糕点放入口中边嚼边说）啊，是什么让你们在这个阳光明媚的日子里争得面红耳赤呢？

围观青年2：一定是中暑了，你们应该去看医生。

围观青年3：依我看，他们一定是怀孕了。

围观青年2：对对对，他们一定是怀上了真理的种子，这就是哲学的开始。

鞋匠：要讨论哲学的问题就找苏格拉底去，他刚走，你们能追上。

苏格拉底

围观青年1：噢？刚才苏格拉底先生来过？他怎么会和你们这种人说话呢？

围观青年2：（对围观青年3）没错啊，他们这么无知，苏格拉底先生怎么会和他们交谈？

围观青年3：唉，苏格拉底先生一定是慷慨地指出了他们的无知。

围观青年1：唉，苏格拉底先生可真是一个高尚的人呢！

【围观青年们欢笑地交谈着下。】

糕点商：混蛋！

鞋匠：这些不知羞耻的狂妄之徒！

木匠：雅典的青年怎么都变成了这副模样？

鞋匠：还不都是苏格拉底蛊惑的！

【美勒托上走到舞台后区，将一份通告贴在后墙上，鞋匠发现美勒托。众人渐渐围拢过来。】

美勒托：雅典的公民们，今天，在这里，我、阿尼图斯、吕孔对一个人提起诉讼。这个人号称自己是世界上唯一一个知道自己无知的人。面对青年人，他鼓唇弄舌，贩卖他自以为高明的智慧，污染青年人的思想。那个曾对雅典城邦犯下叛国大罪的年轻人就曾是他的学生。

【克里托和斐多从人群中走出来,克里托站在凳子上。】

克里托:你说的不是事实!那个当官的和苏格拉底在一起时,老师的美德使他能够控制住自己不道德的倾向。但当他离开苏格拉底后,则和一些不行正义而一味欺诈的人结交;加上他出身显赫,受到许多善于谄媚的人的勾引和败坏,他自己便忽略了自制。像他这种人,他们有高贵的出身可引以为傲,财富使他们洋洋得意,权力使他们不可一世,许多不好的朋友败坏了他们的德行,加上长时期不和苏格拉底在一起,他们变得狂妄任性又有什么奇怪的?如果他们做了错事,难道所有的罪责都应该加在苏格拉底的头上吗?

美勒托:哦,是吗?我们且不说他对雅典犯下了多少暴行。就算你的老师在尽力对他施展好的影响,那克里底亚和查米德斯呢,你如何解释?

斐多:事情不是你说的那样。老师并不同意克里底亚的做法,克里底亚也讨厌老师。他们曾经命

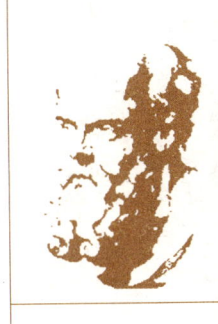

令老师……

木匠：非得有人管管他们不可。

鞋匠：得给他们点颜色看看。

克里托：雅典的公民们，不要听这个人说的。你们了解苏格拉底吗？也许你们看过阿里斯托芬的那出喜剧，在里面，我们的老师被描述成一个盘旋着前进，声称自己能在空中行走，嘴里唠唠叨叨说着胡言乱语的人。但实际上苏格拉底是个正直的人，也是个勇敢的人，在我们对斯巴达的战斗里，他三次自带装备参加战斗，作战十分勇敢。他忠于我们的城邦。

【斐多向克里托在说些什么。斐多站到高台上。】

《苏格拉底》剧照7

美勒托：那个刚刚被我们赶下台的克里底亚和查米德斯，对雅典犯下了累累罪行，他们的统治比斯巴达人还要残忍。我们有多少公民被他们剥夺了生命，我们中有多少人因为克里底亚的暴虐统治一贫如洗，从一个自由的公民沦为街边的叫花子。克里底亚和查米德斯也都是他的学生。我不知道坚持原则的苏格拉底先生是如何教育这些年轻人的。叛国的、帮助斯巴达人的也是他的学生。我不明白世界上怎能有这样的巧合：凡是当过他学生的都要和自己的人民唱反调，都要一而再再而三地伤害自己的人民。

斐多：公民们，请不要盲从。大家还记得那次关于阿吉纽塞海战的审判吗？所有的人都坚持要处死指挥海战的将军们，只有苏格拉底持反对意见。事实证明，他是对的，那些被处死的将军们是冤枉的。他是一个坚持自己原则的人。

美勒托：是的，他坚持原则，他要每个人都认为自己是对的。我们受人尊敬的阿尼图斯先生在克里底亚上台之后变得一贫如洗，这个正直的人希望自己的儿子能继承自己的职业继续经商中兴家业，但他的儿子受到苏格拉底的蛊惑，抛

苏格拉底

弃自己的家庭、自己应当继承的责任，整天跟着苏格拉底夸夸其谈。公民们，你们愿意自己的儿子用种种狡诈的语言顶撞你们，只顾着自己，抛弃对父亲的尊重，抛弃对家庭的责任，你们愿意他们变成这个样子吗？

几个人：不愿意！那可太糟糕了！

美勒托：而且，这个人不敬畏神，他说月亮是团土，太阳是团火。公民们，这是个不敬神的人！他坚称自己心中有一个神，只听从它的召唤。公民们，你们愿意让一个不信神的人整天教导你们的孩子吗？

几个人：不愿意！

木匠：现在好多青年人都在学习他的思想、模仿他的腔调，搞得到处都是乌烟瘴气的。

鞋匠：美勒托先生，您可要想想办法啊！再这样下去，雅典就完了！

斐多：大家听我说，大家听我说。

美勒托：那你们希望我做些什么呢？

鞋匠：把他赶出雅典城！

木匠、糕点商：对，把他赶出雅典城！

【美勒托做出手势，大家安静下来。】

美勒托：所以，我今天正式提出对苏格拉底的指控。我们要让雅典恢复严谨的秩序，让一切都恢复到原来的样子。

克里托：我们要进行申辩，申辩！美勒托，你不会得逞的！

几个人：让苏格拉底闭嘴！滚出雅典城，滚出去！

【幕落】

苏格拉底

【第六幕】

【雅典法庭。主审法官,苏格拉底,原告美勒托等。陪审团陪审员若干,旁听者若干。开庭前,陪审员、旁听者交头接耳,议论纷纷。】

【一人喊:"请安静!"主审法官上,全体起立。主审法官入座,全体坐下。】

主审法官:依据美勒托、阿尼图斯和吕孔先生的指控,今天正式展开对苏格拉底的审判。根据原告的指控,苏格拉底犯有如下罪行:信奉异端邪说,唆使他人跟他学习,把错误的观念灌输给青年,腐蚀年轻人的心灵。法庭一审认为,苏格拉底罪名成立,现在由苏格拉底作出申辩,并请陪审团作出裁决。

苏格拉底:先生们,我活了七十岁,这是第一次站在法庭上,所以不知道该怎么讲。有说得不当的地方,请你们原谅。先生们,我不清楚我的原告对你们有什么影响，但对我来说，我快被他们弄得发疯了。这些原告对我的指控已经有好多年了。由于我对此采取了不屑一顾的态度，由于妒忌和喜欢造谣中伤，这些人想煽动你们来反对我，并借助法律之剑置我于死地。这是一群极端厚颜无耻的凶恶之徒！

法官：请注意你的言辞！

苏格拉底：好吧，法官先生。我必须试着在法庭规定的短暂时间里，依据法律为自己辩护。我相当清楚自己目前的危险处境。他们在诉讼中指控我腐化青年和不敬神。在阿里斯托芬的戏中你们已经看到，那个叫苏格拉底的人声称自己能在空中行走，像发了高烧似的说着胡话。你们都认识我，而且听过我平时说的话，你们怎么能相信一个戏剧家在舞台上虚构的形象并以此判我有罪呢？

阿里斯托芬：我抗议，你们不能用我虚构的剧作来作为证据！

一人：（喊）阿里斯托芬，如果苏格拉底老老实实、规规矩矩的，你也不会写讽刺苏格拉底的戏

啊!无风不起浪啊!

【阿里斯托芬欲说些什么,被苏格拉底制止。】

苏格拉底:是的,我明白这位先生的意思。关于这一点,说来话长。先生们,我之所以得到这种名声,无非是因为我有某种智慧。

一人:(喊)你这是自吹自擂!

苏格拉底:先生们,我好像是在口出狂言。请别打断我,我要告诉你们,这些话并非是我自己的看法,而是太阳和智慧之神的旨意,神将为我的智慧作证。

法官:苏格拉底,请你别扯太远了!

苏格拉底:好的,法官先生,我长话短说。你们当然认识凯勒来,他自幼便是我的朋友,也是一位优秀的民主派人士,不久前被放逐。你们知道他的为人,他一做起事来就热情百倍。有一次,他竟然去了德尔斐神庙,向阿波罗请教。

旁听席某人:(大喊)瞎扯!

苏格拉底:请别打断我的话,让我把话说完!他问神:"这个世界上有谁比苏格拉底更聪明?"神回答说:"没有。"凯勒来已经死了,但他的兄弟此时此刻就坐在这个法庭上,他可以为我的话作证。这就是他们对我进行攻击的根本缘由。听到这个神谕,我也不敢相信。我非常明白自己并没有什么智慧,可是神为什么要说我是世上最聪明的人呢?神不能撒谎,否则便与其本性不符!

法官: 神不会撒谎,但你却不一定。

苏格拉底: 是的,我也有同样的疑问,困惑了很长时间,我决定试探这个神谕的真意。我先去拜访了一位有着极高的智慧和声望的人,相信他一定比我更聪明,这样一来,那个神谕就会不攻自破。于是我对这个人进行了彻底的考察。他是一位杰出的政治家。然而结果令我失望,他看上去很聪明,但事实上并不聪明。当我实话告诉他时,他产生了愤恨。接着我又去访问了另一位名气更大的智者,结果我得到了同样的印象,把他也得罪了。所以,从那以后,我一个接一个地拜访求教,结果都是一样,他们认为我狂妄自大,也就越来越讨厌我。

美勒托: 是够让人讨厌的,应该处死他。

苏格拉底: 尽管神谕已被我证明,我的这些考察却

苏格拉底

使自己四面树敌，引来极为恶毒和固执的诽谤。有许多富家子弟见到很多人被我提问，也模仿我去问别人，结果被质问的人不恨他们却埋怨我。他们抱怨说，有个传播瘟疫的大忙人叫苏格拉底，他把错误的观念灌输给青年。如果你问他们苏格拉底到底干了些什么，他们又说不出来。正如刚才在这里大喊大叫要处死我的美勒托先生，这位自命具有高度道德感的爱国者指控我犯下了腐蚀青年的罪。那么，来吧，美勒托，你是否认为我们的青年应该受到良好的教育？

美勒托：是的。

苏格拉底：很好。那么请你告诉我们，谁能使他们获得良好的教育？

美勒托：这，这，这……（支支吾吾，回答不上来）

苏格拉底：你瞧，美勒托，你的舌头打结了。真丢脸，我的朋友！请你告诉我，谁在使青年学好？

美勒托：是法律！

苏格拉底：我亲爱的先生，那么，谁懂法律？

美勒托：在座的这些先生——陪审团的成员。

苏格拉底：你的意思是他们有能力教育好青年？

美勒托：当然！

苏格拉底：所有懂法律的人都能使青年学好，还是只有某些法官能教育好青年？

美勒托：全体法官。

苏格拉底：好极了！世上竟有这么多人能使青年学好。那么法庭上的这些听众是否也能使青年学好？

美勒托：是的，他们能教育好青年。

苏格拉底：不在场的人呢？美勒托，是不是所有雅典人都能教育好青年？

美勒托：是的。

苏格拉底：如此说来，全体雅典公民都在使青年学好，只有我苏格拉底在腐蚀毒化青年。你是这个意思吗？

美勒托：是的，我正是这个意思。恶人对与他们亲密交往的人产生坏影响，好人则产生好影响，是这样吗？

苏格拉底：那你觉得有人会故意跟坏人在一起受害吗？

美勒托：当然没有！！！

苏格拉底：那我何苦把人教坏让他们来害我呢？回

苏格拉底

答我！法律需要你的回答！

美勒托：（愣了一下）你唆使他们相信新神，而不相信国家承认的诸神。

苏格拉底：那你控告我的到底是我教唆别人去相信新神，还是我不相信任何神并且教唆别人也这样做？

美勒托：我说你完全不信神。

苏格拉底：可是你真使我感到惊奇，美勒托，你这样说的目的是什么？你是指我不像别人那样相信太阳和月亮是神吗？

《苏格拉底》剧照8

美勒托：是的，陪审团的先生们，苏格拉底肯定不相信神，因为他说太阳是一团火，月亮是一团土。

苏格拉底：亲爱的美勒托，你没想到你正在控告阿那克萨戈拉吧？你只要花上几分钱，就可以买本书看看，这些内容他早就写在那里了！

美勒托：不信，一点儿都不信！

苏格拉底：美勒托，世界上存在这样一种人：他相信人的活动，但不相信人的存在，有这样的人吗？让美勒托回答问题，先生们，别让他老是说反对。

美勒托：没有。

苏格拉底：好极了！在法庭的迫使下，你终于吐出了片言只语。我想问一下，我们将超自然的存在视作诸神或诸神的子女，您同意吗？

美勒托：同意。

苏格拉底：我说我相信超自然的活动，你同意吗？

美勒托：当然同意。

苏格拉底：我相信超自然的活动，但不相信超自然的存在？我想您是为了取乐在考验我的智力吧。在这个世界上，有谁会相信有诸神的子女，而

苏格拉底

不相信有诸神本身？这就像相信有马驹而不相信有马一样可笑。美勒托，你用不信神这条罪状控告我，也许是借此考验我的智慧，也许是你根本无法找到控告我的真正的罪状。

事实上，针对美勒托的控告，我并不需要作更多的申辩。如果有什么事发生，那么起作用的不是今天的审判，而是众人的谎言和妒忌。我本不应该出现在这个法庭上，但我现在已经在法庭上了，那就必须将我处死，因为如果我逃脱了，你们的儿子马上就会去实践苏格拉底的教导，彻底堕落。假如你们愿意法外开恩，让我不死，肯定会有一个条件，就是要我放弃对智慧的探讨，停止从事哲学。

我会这样答复：只要我还有生命和能力，我将永不停止实践哲学，向我遇到的每一个人阐明真理。我将以我通常的方式继续说，我的好朋友，你是一名雅典人，属于这个因智慧和力量而著称于世的最伟大的城市。

斐多：讲得好，老师！

众人：讲得好啊！

众人：太出色了！

众人：您一定会无罪的。

法官：被告的申辩到此为止。

【美勒托示意，走上前。】

美勒托：公民们，我想重申的是，我们如果要恢复雅典的秩序，就要严惩苏格拉底，否则，他会因此变得更加嚣张。我再次重申，希望公民们慎重地投下你们的一票。你们的一票将决定雅典的未来。

法官：现在请原告和被告列举你们的量刑建议。美勒托先生？

美勒托：死刑。

法官：苏格拉底先生？

克珊西帕：等等，法官先生，我是苏格拉底的妻子，我请求讲几句话。

法官：好吧。

克珊西帕：苏格拉底，听我说，向法官求个情吧，我们可以认罚，多少钱我都可以去筹。求法官从轻判罚，哪怕是流放也好，你到哪里，我带着儿子跟着你。

【二胡声起。】

克里托：老师，我们可以接受罚款，多少钱我们都支付得起，很多人都愿意为您支付这笔钱。

【苏格拉底沉默良久。】

法官：现在请被告列举你的量刑建议。苏格拉底先生？

苏格拉底：先生们，我必须非常爱惜生命才会接受放逐，被迫从一座城市辗转到另一座城市，每一次都被人赶走，以我的年纪恐怕很难过这样的生活。此外，我不习惯罚款，因为我没有钱，我只能付得出一百个德拉克马。

克珊西帕：不要，苏格拉底！我们可以付更多。

【克里托向苏格拉底示意。】

苏格拉底：先生们，等一等，坐在那边的克里托要我把罚款提高到三千个德拉克马，我同意，同时你们可以信赖这些绅士们会付款。

法官：现在苏格拉底的量刑建议是死刑和三千德拉克马的罚款。请公民们开始投票。

【幕落】

【第七幕】

【特殊灯光效果，歌队，投票。伴着音乐，仪式化地进行。】

【场景同前。苏格拉底案终审。法庭旁听者与陪审员等议论纷纷。一人喊肃静。主审法官等人上，全体起立，坐下。】

主审法官：现在开庭。经陪审团投票表决，共有281票认定苏格拉底罪名成立，220票认为苏格拉底无罪。根据少数服从多数之原则，我现作出审判：判处苏格拉底死刑。择日执行。

【法庭一片骚动。有鼓掌，有欢呼，有尖叫，有哭泣……】

主审法官：请安静，请安静，请保持法庭秩序！（稍后静下）现在，由苏格拉底做最后陈述。

苏格拉底：（缓缓站起，环视了一圈）先生们，此前我已依据法律为自己做了两次辩护，你们已经

知道了真相。我非常明白,我的坦率言论引起了你们的反感和厌恶,这证明,我说的全是真话。我被处死的原因不是缺乏证据,而是缺乏厚颜无耻和懦弱,事实上,我拒绝用讨你们喜欢的方式讲话。你们喜欢看到我痛哭流涕,听到我把自己说得一文不值,你们习惯于从其他人那里听到这种话。

有人喊:冤枉呐!

有人喊:胡扯,让他闭嘴!

《苏格拉底》剧照9

苏格拉底:先生们,我对终审判决并不感到沮丧,因为这是意料之中的事情。如果我花更多的钱,完全可以免除死罪，但我不想那样做。我不像大多数人那样热衷于赚钱、当官、过奢华的生活。我认为自己确实耿直，甚至犯傻，试图劝说每一个人不要把物质利益看得高于精神和道德。按理说，我的耿直作为应该获得国家奖励。所以，如果公正一些的话，对我的恰当惩罚应该是国家出钱供养我，让我衣食无忧。

一陪审员：哈哈，真是白日做梦！

【听众席上有议论声。】

苏格拉底：从前，我当兵的时候，与战友们一道冒着生命危险坚守岗位。后来我又听从神的指令，开始过一种哲学式的生活，对自己和他人进行观察与思考，我不能由于害怕死亡或其他危险而放弃职责与使命。如果我不能始终如一地坚持下去，那我就不是苏格拉底了。

【法庭上有议论声。】

苏格拉底：请安静，先生们，请听我说！怕死只是无知的另一种表现，也许死亡对人来说是一种最大的幸福。但人们害怕死亡，就好像他们可以肯定死亡是最大的邪恶一样，这种无知，是

苏格拉底

典型的不懂装懂，是最应该受到惩罚的无知。

【法庭上有议论声。】

主审法官：请保持法庭肃静。

苏格拉底：尊敬的法官先生们，我这样称呼你们，是希望你们配得上这个称号。已经有许多无辜者受到诬陷，我想这种情况还会继续下去。你们正在把一个无辜的人处死，这对民主和法律而言是一场大灾难。我的死将是对雅典民主政治的一大讽刺，是它永远洗刷不掉的污点，你们想想看，历史会如何评价？

克珊西帕：（哭泣）苏格拉底，亲爱的，看在我的分儿上，你别说了，还是求求法官吧！

苏格拉底：法官先生，请把她请出法庭。她是我的妻子，我不愿意让她受到伤害。

主审法官：旁听是她的自由，我无权干涉。你还有亲戚吗？

苏格拉底：亲爱的先生，我当然有亲人！用荷马的话来说，我不是从岩石或老橡树里蹦出来的。先生们，我有三个儿子，一个已经接近成年，另外两个还小，但这不是我哀求的理由。

主审法官：好吧，苏格拉底，那你就独自接受死亡吧！

苏格拉底：处死我的人啊，让我对你们的命运作出预言。我要告诉你们，我一死去，复仇就会降临到你们头上，你们会受到比你们杀我痛苦得多的惩罚。你们会受到更多的批判，批判你们的那些人会更年轻，他们会更加苛刻地对待你们，使你们更难堪。如果你们指望用把人处死的办法来制止对你们错误的生活方式进行指责，那么你们就错了。这种逃避的办法既不可能又不可信。最好的办法不是封住别人的嘴，而是自己尽力为善。我非常明白我最好去死，我摆脱心烦意乱的时候已经到来了。该结束了，我去死，你们去活，哪一种更幸福呢？只有神知道！

有人喊：说得好！

有人喊：让他闭嘴。这个狂妄之徒！

有人喊：闭嘴！

有人喊：把他押下去！

有人喊：狂妄之徒，死到临头了，看你还能说出什么！

苏格拉底

有人喊：让你这个知道自己无知的聪明人死去吧！

【众人声音越来越高，最后彻底压倒了苏格拉底的声音。】

主审法官：现将苏格拉底关入死牢，退庭！

【幕落】

【第八幕】

【音乐先起,一盏昏黄的油灯。苏格拉底一人在狱中,戴着手铐和脚镣,思考着什么。】

【狱卒上,阿里斯托芬等在监狱门外。狱卒解下苏格拉底的手铐和脚镣,示意阿里斯托芬进来。阿里斯托芬上,狱卒下。阿里斯托芬观察牢房四周。】

阿里斯托芬:神说索福克勒斯聪明,欧里庇得斯更聪明,而苏格拉底最聪明。没想到我第一次进监狱竟是因为要探望世界上最聪明的人。

苏格拉底:噢,亲爱的阿里斯托芬,请不要对监狱产生偏见,其实监狱也不是个太差的地方。

阿里斯托芬:那么,我下次一定要写一部发生在监狱里的戏。

苏格拉底:今天晚上这个床就会空出来,不如你就搬过来在这儿住下吧。

苏格拉底

阿里斯托芬：我倒是很想接着你在这儿睡，可惜我没有这个机会，没有那么多人讨厌我。我是个写喜剧的，我的创作让别人快乐，让自己痛苦，而你是个哲学家，你的思考让自己快乐，让别人痛苦。

苏格拉底：比起严肃的思考，雅典市民显然更喜欢廉价的欢笑。不过，说起来哲学家也不光让人痛苦，比如出现在喜剧里的时候就会引人发笑，就像我出现在您的戏里那样。

阿里斯托芬：我的老朋友，您应该知道我在创作《云》这部戏的时候并不是……我没有想到……

苏格拉底：别紧张，我的朋友，我没有怪罪你的意思，我倒觉得《云》是一部很不错的作品。就像我曾经说过的那样，嘲笑是对真理的考验，它是一种改正的力量，能防止我们走向荒唐。

【一段很长的沉默。】

阿里斯托芬：当时我说要小心谨慎，言多必失，不能因言获罪。

苏格拉底：这样看来，原来你还是一位预言家呢。

阿里斯托芬：我如果真的是个预言家，我倒是希望有生之年能在酒神节戏剧大赛上拿个一等奖。

苏格拉底：今年酒神节估计我就做不了评委了，你没准儿就有机会了。

【阿里斯托芬和苏格拉底继续谈笑。狱卒打开牢门，克里托进，转身给了狱卒一些钱。狱卒下。】

克里托：苏格拉底，你太让我惊讶了，你竟然还笑得出来。虽然我以前一直感到你心胸豁达开朗，但没想到如今你大祸临头，却仍旧镇定自若，泰然面对，我太钦佩你了。

《苏格拉底》剧照10

苏格拉底：说真的，克里托，如果像我这把年纪还惧怕死亡，那真是太不像话了。

克里托：但是，苏格拉底，那些与你年纪差不多的

人如果遇到这种处境，都能跟你一样吗？肯定不会。谁不怕死呢？

苏格拉底：你说得很对。不过，你现在跑来，不是为了跟我说这些话吧？

克里托：（沉默了一会儿）苏格拉底，我得到一个坏消息，我很难过。

苏格拉底：（和阿里斯托芬相视一笑）我已经知道了。

克里托：（略作犹豫）苏格拉底，今天……今天你肯定就要送命了。

苏格拉底：好吧，克里托，别难过，我一直期待这个结局。

克里托：为什么，苏格拉底？不过，现在接受我的建议马上逃跑并不算太晚。如果你死了，我不仅会因此永远失去一位无可替代的朋友，而且会被人唾骂为不仁不义之徒，因为我有能力救你出去却没救。只要花钱，就能买通，这很容易。如果我告诉他们你宁肯被处死也拒绝被营救，谁会相信呢？

苏格拉底：我亲爱的克里托，你为什么要顾忌别人的想法呢？

克里托：你爱怎么想就怎么想，苏格拉底，你是不是认为你逃走了会给我们带来麻烦？如果你有这种顾忌，那就把它彻底打消了吧！接受我的建议吧，别再固执了！

苏格拉底：你说的我全明白，克里托，这些我并不担心。

克里托：那么别再犹豫了！我认识一些人，他们愿意出钱把你从这里救出去，把你送出这个国家。另外，我已经为你准备了一大笔钱，足够你的生活花费。如果你替我的安全担心，不愿花我的钱，那我告诉你，那些住在雅典的外邦人也愿意慷慨解囊，有几个人已经把钱送来了。所以我说，别再东想西想了，也不要顾忌你在法庭上说过的话了。再说了，苏格拉底，我不认为你的做法是对的，能保全自己性命的时候，为什么要放弃？你的敌人要你死，你就去死呀？这不是帮了敌人的忙吗？你不光毁灭了你自己，也毁掉了你的儿子。你想想看，失去父母的孤儿会遇到多少困难。你真让我感到不可思议，甚至感到迂腐。天呐，我们怎么会落到

这种田地，现在我们完全可以逃掉，你却无动于衷。现在确实还不算太晚。下决心吧，苏格拉底，请不要再固执了！

苏格拉底：亲爱的克里托，我非常感谢你的一片真情，也就是说，我假定这些真情都有某些正当理由，否则的话……

克里托：（打断）等逃出去后再听你的长篇大论吧，急死我了！

苏格拉底：好吧，我们怎样才能理性地考虑这个问题呢？假定我们应当回到你关于民众意见的看法上来……

克里托：又来了，苏格拉底，都什么时候了，你还讲理性？你给个痛快话吧！

苏格拉底：我相信，严肃的思想者总是拥有我刚才提到的这些看法……

克里托：对，对，你说的都对！怎么办，到底跑不跑？

苏格拉底：克里托，你说说看，一个人能去伤害他人吗？

克里托：当然不能，苏格拉底。

苏格拉底：那么，为报复而伤害他人对不对呢？大多数人认为这样做是对的。

克里托：不，这样做不对。

苏格拉底：这样说来，无论出于什么原因，一个人都不应该以冤报冤，以牙还牙。

克里托：我同意你所说的，我也持这一观点。

苏格拉底：那么请考虑一下合乎逻辑的结论吧。如果我们不事先获得国家的同意而擅自离开这里，我们是不是在伤害我们的国家呢，是不是在以伤害为手段报复不合理的行为呢？仅仅是因为我被施以不公的审判。

克里托：我无法回答你的问题，苏格拉底，我的脑子已经乱了。

苏格拉底：假定我们准备从这里逃走，雅典的法律就会来这样质问我："苏格拉底，你想采取行动来破坏我们法律？你以什么名义来反对我们和国家？在你和我们法律之间达成了这样一个原则：任何雅典人到了成年，认清了国家政治组织和法律，如果他感到不满，我们允许他带着财产迁徙到任何地方。如果你对我们不满，在

苏格拉底

你七十年的生涯中，随时可以离开这个国家。你没有选择其他希腊城邦或海外城邦，那么我们认为你认同这个契约。进一步说，审判时，如果你选择了放逐，并且得到了允许，那么你现在可以离开。然而那时，你对是否会被处死漠然置之，表现出崇高的形象，而现在你又不尊重早先的宣言，不尊重我们法律，企图逃跑。你的行为简直像最低贱的人。现在我问你，你是否违背了自己的保证和宣言？"克里托，如果我逃走了，我是否违背了自己的诺言？

克里托：是的，苏格拉底。

苏格拉底：法律会继续说："难道没有人会来指责你吗？像你这么一把年纪，残年已屈指可数，还会不惜亵渎最威严的法律，如此贪婪地抓住一线生机？我们很想知道，你关于善和正直的论调到哪里去了？如果你逃跑了，你和朋友们的境遇都会由此而变坏，因为你们失去了正直的品格，玷污了纯洁的良心。当你到了另一个世界，你也不会得到好的报应。如果你以冤报冤，以罪还罪，逃离这个地方，破坏与我们订立的契约,你就伤害了你自己、你的朋友、你的国家以及我们法律。"克里托,亲爱的朋友,我郑重地告诉你,我仿佛听到了法律的忠告,就像我听到了神的声音一样。我坚信我的主意是正确的。但如果你认为你还能说服我,那么请讲。

克里托: 不,苏格拉底,我没什么可说的了。

苏格拉底: 那么就这样吧,克里托,既然神指明了道路,就让我们遵循神的旨意行事吧!

【克珊西帕、苏格拉底的儿子们、斐多上。儿子们扑上去抱住苏格拉底,克珊西帕走过去坐在床边。】

克珊西帕: 去提洛的船听说今天就要回来了。

《苏格拉底》剧照11

苏格拉底：克里托、斐多会很好地照顾你们。

【斐多和克里托下,阿里斯托芬带着苏格拉底的儿子们走到一边。】

克珊西帕：噢,苏格拉底,这是我们的最后一面吗?天呐,我和孩子们可怎么办呢!

苏格拉底：我亲爱的妻子,别哭了,迟早都会有这么一天,你不要把女人怯懦的一面暴露给孩子们,别吓着他们。

克珊西帕：哦,苏格拉底,这是你最后一次和你的朋友一起谈话了。

苏格拉底：是的。

【克珊西帕偎依在苏格拉底身边,美勒托上,遇到斐多和克里托。】

克里托：你是来监督苏格拉底会不会逃跑的吧?对不起,让你失望了!我竭尽所能劝说老师,告诉他有很多人希望能将他接走,但是老师不为所动。

美勒托：作为敌人,我钦佩苏格拉底。

斐多：作为苏格拉底的敌人,你不够资格。

美勒托：也许在你们眼里我是个卑鄙小人,但就我秉持的信念,我问心无愧。

斐多：如果真是问心无愧，你又何苦到这个充满悲伤和眼泪的地方来。

美勒托：也许说来您不相信。但我还是要说，我从内心深处敬佩苏格拉底，敬佩他的勇敢、无畏，我自忖没有这样的品质，感到惭愧。

斐多：请你离开吧。悲伤不能洗刷您良心上的污点，至少现在，在这个充满悲伤的时刻不能。请离开吧，让苏格拉底宁静地离开。

【美勒托下，斐多和克里托回到屋里。】

克珊西帕：（泣不成声）苏格拉底……

苏格拉底：不要哭泣。死亡是生命的组成部分。我问心无愧、良心清白，会在那个世界快乐地存在。回去吧，照顾好我们的儿子。

【克珊西帕和儿子们下。】

苏格拉底：我突然想起可爱的柏拉图，他在哪里？

斐多：苏格拉底老师，按照你的教导，柏拉图去外地游学了，他还不知道你的遭遇呢。

苏格拉底：噢，我想起来了。请你转告柏拉图，让他趁着年轻一定要四处考察，不能仅限于雅典。要多读书，多走路，既要想，还要看和听，博

苏格拉底

采众长，才能有所建树。

斐多：好的，我一定向柏拉图转达你的教诲。

【狱卒上。】

狱卒：苏格拉底，时间到了，我是死刑执行官。不管怎么样，如果你也像别人一样，在我让他们喝下毒药时对我发怒或诅咒我，我都不认为你有什么错。我已经知道你在所有到这里来的人中间是最高尚、最勇敢、最体面的一位。所以，现在你知道我会说什么，再见了，怎样容易忍受就怎样做吧。

苏格拉底：再见了。我会照你说的去做。

【狱卒下。】

苏格拉底：其实，他是个好人！我待在这里时他一直很照顾我，有时候还和我讨论问题，对我表现出极大的关心。他是那么善良，而现在竟为我的离去而流泪！来吧，克里托，让我们按他说的去做。如果毒药已经准备好，找个人去把毒药拿进来；如果还没准备好，告诉那个人快点儿准备。

克里托：苏格拉底，太阳现在肯定还高高地挂在山

顶，时候还早，所以我们不需要匆忙。我们还有很充裕的时间。

苏格拉底：早喝早上路，何必磨磨蹭蹭的。因为迟一些喝下毒药对我来说什么也得不到，反而把自己弄得十分可笑。照我说的去做。

【监刑官手里拿着已经准备好的一杯毒药。】

《苏格拉底》剧照12

苏格拉底：噢，我的好同胞，你懂这些事，我该怎么做？

监刑官：只要喝下去就行，然后站起来行走，直到你感到两腿发沉，这个时候就躺下。毒药自己就会起作用。

【苏格拉底接过酒杯。】

苏格拉底：我可以洒一点儿在地上祭神吗？可以还是不可以？

监刑官：我们只准备了我们认为是正常的剂量。

苏格拉底：我知道了，不过我猜想我是被允许或者说是应该向众神祷告的，但愿我理解这个世界并进入另外一个幸福的世界，以我的哲学继续思考。这就是我的祷告词。

【苏格拉底喝下毒药，周围的人开始抽泣。】

苏格拉底：说真的，我的朋友们，请不要哭泣着为我送行。那正是我把女人支走的主要原因。一个人在临终的时候应该保持安静的心情。你们且镇静一下，坚强一点。

【苏格拉底走了一会儿，坐在床上。】

苏格拉底：我觉得腿重了。

【苏格拉底躺下，监刑官检查苏格拉底的腿和脚。】

监刑官：有感觉吗？

苏格拉底：没感觉，没感觉。

【静默。】

苏格拉底：克里托，记得献一只公鸡给死神，感谢他用死亡使我的生命完整。

克里托：不会忘的，我会做到。

【沉默。】

【音乐起，大家从各个方向进入，克里托、斐多、阿里斯托芬托起苏格拉底向高处走去，众人停下，注视着几人抬着苏格拉底走远。画外音：

1. 节制的本质就是认识自己。
2. 真正的哲学家为信念而死，死亡对他们来说根本不足以引起恐惧。
3. 智慧在任何地方都会使人拥有好运。
4. 灵魂中没有恶的人是最幸福的。
5. 一切知识如果离开了正义和美德，就是一种欺诈。
6. 一个正确的决定与人数多少没有关系。
7. ……真正重要的事情不是活着，而是活得……】

【剧终】

好兵帅克

好兵帅克

如今，你可以在布拉格街上遇到一个衣衫破旧的人，他自己压根儿就不知道，他在这伟大新时代的历史上究竟占有什么地位。他谦和地走着自己的路，谁也不去打扰，同时也没有新闻记者来烦扰他，请他发表谈话。你要是问他尊姓，他会简洁而谦恭地回答一声："帅克。"

原来，这位和善、卑微、衣履寒碜的人，正是我们的老相识、英勇无畏的好兵帅克。早在奥地利统治时期，他的名字在捷克王国的全体子民中就已家喻户晓，到了共和国时代，他的声望也依然不减当年。

——雅罗斯拉夫·哈谢克

出场人物

哈谢克： 退伍军人，作家（与帅克为同一演员扮演）

帅克： 卢卡什上尉的勤务兵，三十多岁

米勒太太：帅克的女佣人

卢卡什： 奥地利陆军第九十一团第一先遣连上尉

卡茨： 陆军神父，帅克曾为他做过勤务兵

杜布： 中学教员出身，第九十一团中尉

马列克： 营史记录员

巴里维茨："杯杯满"酒馆老板

巴里维茨太太："杯杯满"酒馆老板娘

万尼卡：第九十一团军需官

社会救济委员会主席、宪兵队长、宪兵（二人）、医生、电话员、炊事员、普通士兵及军官十人左右、酒馆顾客（若干人）、女郎一人

【第一幕】

【1921年春。布拉格市政府社会救济委员会。退役老兵哈谢克前来谋一份工作。办公室里常见的布置与摆设。委员会主席正把交叉的双腿搭在桌子上,吹着口哨,悠闲地翻看报纸。】

哈谢克:(拄着双拐上)请问,您是主席先生吧?

主席:(翻了一下报纸,开心地笑着)太逗了,大千世界,无奇不有。在布拉格每天都有新鲜事儿。你瞧,银行行长的年轻太太竟和行长的司机私奔了。行长气得想跳楼,说那个司机太可惜了!(又接着看报)

哈谢克:先生,(用拐杖敲了敲地板)请问……

主席:(又笑了)哈哈,好消息,"快快乐"妓院又新来了一批小宝贝儿……

哈谢克:(提高嗓音)主席大人……

主席:(把手上的报纸往桌子上一扔,恢复了正常坐

姿）什么事？没看见我正忙吗？

哈谢克： 对不起，主席先生！打扰了，领导！我想请社会救济会帮点儿忙。

主席： 帮忙？你叫什么名字，干什么工作的，年龄，出身？

哈谢克： 我叫雅罗斯拉夫·哈谢克，人们也喊我帅克，虚岁四十，无固定职业，自谋生路，平时卖卖狗。

主席： 卖狗？卖什么狗？

插图作者：马文哲

哈谢克：什么狗都卖。如果您喜欢，我可以送您一只。我那儿什么档次的狗都有，品种齐全得超出您的想象。各种杂种狗、肮脏狗、下贱狗、流浪狗，我往往低价收购，然后洗一洗刷一刷，给它们办个血统高贵的假身份证，再高价卖给那些有钱人，这些人一般都是傻瓜，您买一只吧！

主席：住嘴，你敢骂我傻瓜。

哈谢克：不不不，您才不傻呢，您是位充满智慧而又仁慈的大领导。

主席：好啦，好啦，别啰唆个没完！那么说，你是个狗贩子？

哈谢克：谢谢主席先生夸奖！

主席：这不是夸奖，是同情。如果你是条狗就好了，我们这儿有专门的宠物保护协会帮助你。可惜你是个狗贩子，就享受不了求助的待遇了。嗯，你要是年轻三十岁也好办，有儿童福利院可以帮忙。你已经虚岁四十了，这也不符合条件。噢，对啦，我差一点儿忘了，你是否坐过牢呢，就是说，你是否被判过刑，蹲过监狱？

哈谢克：我从未吃过官司。

好兵帅克

主席：太糟糕了！那你也不符合劳教被释放人员的救济条件。让我想想，对了，你平时总该酗酒吧？

哈谢克：哪儿的话，我滴酒不沾。

主席：真遗憾，酒鬼帮扶中心也帮不了你。看来，你又不像是陷入火坑的失足少女，真没办法！你总不至于没偷过东西吧？

哈谢克：我不是小偷。我当过兵，参加过世界大战。

主席：那我真是爱莫能助了！当兵没什么用，如果你溜门撬锁，哪怕是顺手牵羊地偷点儿东西，你就有地方去，有饭吃，可你又没被抓住过。

哈谢克：不是没被抓住，是我压根儿没干过。

主席：那就更难办了。把你送到地痞流氓收容所？可你看上去穿戴又挺体面，不然的话，你就能领到一份救济金了。

哈谢克：我也不要什么救济金，我只想找点儿活干。什么活儿都行，再苦再累的工作我也不怕。

主席：什么？你开什么玩笑，老兄，你这不是强人所难吗？连我这儿都没活儿干，整天闲得慌，你还来凑热闹。天呐，我今天怎么如此不走运，遇到你这号人。快走吧，我过一会儿还要去看话剧《好兵帅克》呢，你别耽误了我的正事！

哈谢克： 我就是好兵帅克。

主席： 什么，你是好兵帅克？别逗了，那可是捷克人心目中的活宝大英雄，你也敢冒充？

哈谢克： 我没有骗你。我就是人民街谈巷议的帅克，一个被官方机构认证的标准白痴。

主席： 哈哈，打眼一看还挺像！笑什么？嬉皮笑脸的成何体统！立正！严肃点！向后转！我数三个数，立即从我眼前消失！一，二，三！（帅克下）瞧，这小子拄着拐跑得还挺快。哈哈哈，还以为自己是帅克呢，别把我当傻瓜！哟，《好兵帅克》快开演啦！

【主席匆匆下。】

【幕落】

【第二幕】

【简陋的起居室。一张躺椅,帅克斜躺在椅子上,正聚精会神地看报纸。一张圆桌,上面摆放着几只咖啡壶杯。老保姆米勒太太正在煮咖啡。】

帅克: 米勒太太,请过来一下。

米勒太太: (走近躺椅)什么事,先生?

帅克: (示意她坐在旁边的一把椅子上,神情庄重)我要应征入伍,参军报国,奔赴前线打仗去!

米勒太太: (把手放在帅克的额头上)先生,您发烧了吧,大白天又说胡话了?

帅克: 我没发烧,头脑前所未有地清醒。报纸上说,有一片乌云笼罩着我们亲爱的祖国。敌人从北、南两个方向进攻我们的国家,我们正两头挨揍。如果从一个方向攻打我们也就算了,关键是两面夹攻,太过分了。看来,我得亲自上阵了。

米勒太太: 可是您浑身是病,根本无法动弹,躺在床上还需要我来照顾，怎么能打仗呢？

帅克：没事的，没有什么困难能阻止一个爱国者去冲锋陷阵。除了这两条腿不听使唤，我身体其他部位问题不大，完全可以充当炮灰。米勒太太，你平时不爱看报纸，不关心国家大事，你看这报纸上登的英雄事迹多感动人呢！你读一读《布拉格官方新闻报》这段消息吧，写的是志愿兵约瑟夫·沃扬博士的事迹。还是我来念吧：他是驻扎在加里西亚第七骑兵营的。在激烈的白刃战中，一颗子弹钻进了他的脑袋。战友要把他抬到包扎所时，他嚷嚷道，这点儿小伤不用包扎，话音未落就又冲了上去。可是手榴弹又把他的腿炸断了，人们又想把他抬走，他却推开卫生员，单腿跳着冲向了火线，用拐棍抵挡敌人。但又飞来一块弹片，把他挂拐杖的那只手炸掉了。他把拐棍换到另一只手里，嘴里高呼："冲啊，为了胜利前进！"最后他被炸得四分五裂，掉在地上的脑袋仍往敌人的阵地方向快速滚动，嘴巴还在呼喊："我们要奋勇杀敌，皇帝万岁！"你听听，米勒太太，跟这

些英雄的士兵相比,我这点儿毛病简直就算不了什么。

米勒太太:报纸上整天瞎吹,这你也信?

帅克:不管你信不信,反正我是信了。你赶快到街上给我买顶军帽,再跟糖果店的那个老头儿借把轮椅,拐杖是现成的,我明天就去征兵委员会报到。(高声唱起"太阳升起在东方,我们冲向了战场,不怕鲜血淌,不怕成肉酱,冲啊!冲啊……")

米勒太太:(双手不停地搓弄着围裙角,原地来回转着圈)唉,买什么军装,还是去找大夫给您开点儿镇静药吧!

【米勒太太下,帅克仍在高声唱歌,"杯杯满"酒馆老板娘巴里维茨太太上。】

巴里维茨太太:(抽泣着)帅克兄弟,帮帮我吧,这日子没法儿过了。

帅克:噢,出什么事了,老板娘?"杯杯满"酒馆赔本了?我有一个星期没去那儿喝啤酒了,正馋着呢。

巴里维茨太太:比赔本还严重呢!我家先生平白无

故让秘密警察抓走了,一进去就判了十年。

帅克:不会吧,什么罪也没犯就被关进监狱待十年?实在是想不通,难道抓他时就没说出一丁点儿理由?

巴里维茨太太:真的没有。您是知道我老公的,他平时老实巴交,飘个雪花也怕砸着脑袋,从来不谈论政治。前些天,那个整日泡在酒馆里打听客人思想动态的密探,见店里没人就跟我老公闲扯了起来,我老公哼哼叽叽地一句话也不肯搭腔。那个密探很失望,临走时突然问了句,说以前挂在墙上的皇帝画像怎么不见了。我老公说,因为画像上面屙满了苍蝇屎,就收起来放到阁楼上了。就这一句话,被那密探挑了理,说是犯了亵渎皇帝罪,就把他押走了。您说,苍蝇在皇帝像上屙屎,要抓也该抓苍蝇啊,对不对?

帅克:那些该死的苍蝇,警察饶不了它们!谨慎是一切智慧的源泉呢!判十年是长了点儿,过去我说过,一点儿罪没犯的,最多判五年。嗨,想开点儿吧,巴里维茨太太,别哭了,幸亏没

判二十年、三十年。

【米勒太太领着一位医生上。】

米勒太太：先生，这是我请来的大夫，让他给您看看病，开点镇静剂。

医生：(走近躺椅)帅克先生，请你把舌头伸出来，你的佣人米勒太太说你发烧了。

帅克：大夫，我没病。你从哪儿来就回到哪儿去，别听米勒太太胡说。我身体棒得很，明天一早就上前线打仗，为国效力。

米勒太太：先生，您还是让大夫看看吧，吃了药就会清醒一点，至少让医生给你看看腿。

帅克：快把这位医生请出去。我没病，你才有病呢！

医生：看来你确实有点儿那个，有病的总认为自己没病，就像喝醉酒的人从来不承认自己醉了一样。我可以给你开个证明，也许可以免除兵役。

帅克：少啰唆，快滚，我要唱军歌啦！

医生：你真是个好样的！三个月来，经过我体检的一万名壮丁中，有九千九百九十九名都是装病逃避兵役的，只有一个在我面前中风死掉了。我让他们把这个装病的死尸抬走了。

帅克：大夫，您太厉害了。您是怎样进行体检的？

医生：很简单。凡自称是有痨病、风湿症、癌症、疝气肿、胃炎、伤寒、糖尿病、肺炎等的，我都采取如下措施：（1）严格控制饮食，三天内早晚各饮冰水一杯；（2）每人统统服用大剂量金鸡纳霜泻药；（3）每天用一公升温水洗胃两次；（4）用肥皂水和甘油灌肠；（5）用冰水浸湿的床单裹身睡觉。一般只坚持到灌肠阶段，那些装病的就声称他们已经药到病除了，苦苦哀求，唯一的愿望就是立即跟随先遣营开进战场。只有极少数人挨过这五个阶段，最终被装进简陋的棺材，送往墓地埋掉。

米勒太太：那就不麻烦您了，医生。反正他说他没病，明天直接去前线了。

医生：那可不行，我还是在这儿给他检查一下为好！当然，我就不采取刚才说的手段了。我只问几个简单的问题，请帅克先生如实回答。第一，你知道地球的周长吗？

帅克：不知道。我没量过，也找不到那么长的尺子。

医生：好的，那么，你相信世界末日吗？

好兵帅克

帅克：我得先看到这个末日再说。

医生：第三，你能算出太平洋最深的地方有多深吗？

帅克：请原谅，我办不到。可是，我也想请大夫解个谜：有幢三层楼，每层有八个窗户，楼顶有两个烟筒，每层住四位房客，现在请您告诉我，这幢楼看门人的奶奶是哪一年死掉的？

医生：我想想，(沉默了一会儿)我给不出答案。不过我还想问你个数学题，12864乘以38765等于多少。

帅克：二百五！

医生：OK啦，我给你写个诊断书吧！若遇到需要时，可以拿出来作个证明。

帅克：谢谢！

医生：祝你好运，你是个好样的，再见！

帅克：但愿能再见！我真替您的健康状况担心。

【医生下，米勒太太送。】

帅克：这个二百五的大夫，气色很不好，一看就是个短命鬼的相貌，谁敢答应跟他再见。

【米勒太太转身回。】

帅克：米勒太太，军帽和轮椅都准备好了吗？

米勒太太：准备好了，先生。

帅克：把军帽拿来，我们就不等明天了。你用轮椅推上我，现在就出发，报名参军去！

【米勒太太推出轮椅，搀扶帅克坐上，把拐杖横放在帅克的腿上，推着他绕场一周，缓缓走下。】

帅克：（挥动拐杖，一路高喊着）参军光荣，效忠皇上，打到贝尔格莱德去！消灭敌人！打到贝尔格莱德去！消灭敌人！

【幕落】

插图作者：马文哲

【第三幕】

【卢卡什上尉家的客厅。一张铺着花格桌布的长方形餐桌,周围摆放几把椅子。四个人围坐在桌旁打扑克牌,三个人站在桌旁观看。】

卢卡什:哈哈,我又赢了。交钱吧,你,你,快掏钱,每人一百克朗,一分钱不准欠。

军官甲:今天点儿背,连输了三局。

军官乙:我也倒霉透了,唉,情场失意,赌场也失意。昨天我那个小骚货竟跟我刚雇的勤务兵上了床,让我堵在了被窝里。长官的情人他也敢碰,真是色胆包天。我命令手下把他绑在树上,放狗咬他的下身,真他妈的解恨!

卢卡什:老兄,我眼下用的勤务兵更是个讨厌鬼。一天到晚老是唉声叹气,总是往家里写信,而且见什么偷什么。揍他也不管用,只要我一见着他就敲他的后脑勺,他还是不长记性。我把他的牙齿打掉了一半，这家伙仍然不听话，真拿他没办法！还好，他倒不敢与我的女人睡觉。

【卢卡什边聊边洗牌，其他几位说笑着喝啤酒。卡茨神父醉醺醺上，帅克搀扶着神父。】

卡茨神父：亲爱的卢卡什上尉，我的小宝贝，还有我亲爱的各位军官朋友，啊哈，我一直替基督以及他的太太想念你们。

卢卡什：看来卡茨神父又喝高了。基督什么时候有了太太？

卡茨神父：我早就说过，谁敬重神父，谁就是敬重基督；谁鄙视神父，谁就是鄙视基督。因为神父就是基督的化身和代表。因此，我在妓院里找小姐、喝花酒，也是替基督体验一下女人肉体的美妙。哈哈，我亲爱的战友们，我忘了给你们介绍我的新勤务兵啦。来，你们看，他叫帅克，是我这辈子见过的最可爱的白痴，一个罕见的活宝。

帅克：神父过奖了！各位尊贵的长官，我叫帅克，能认识你们是我前世修来的福分，并感谢你们的列祖列宗。

卡茨神父：诸位，你们肯定不知道他的来历。这个傻瓜是我拣来的。知道从哪里拣来的吗？不是从垃圾堆，而是从疯人院里拣来的。太好玩了！他简直就是上帝赐给我的圣诞礼物。我已经答应把我的妹妹许配给帅克，可你们知道其实我没有妹妹。

帅克：神父很慷慨大方，每次喝醉了，总命令我抽他耳光，并声明他的价值相当于一头猪，让我不能小看他。

卢卡什：天呐，我的上帝，你怎么会待在疯人院里？

帅克：我也搞不懂，长官。我本来是要去报名参军的，我的老佣人米勒太太用轮椅推着我，我一路高喊"皇帝万岁，奋勇杀敌，胜利属于我们"，引来了无数人的围观。后来就被送进了疯人院。

军官甲：是该关进疯人院！

帅克：有一位长官也像您这么说。他说我完全赞赏你的这份爱国热忱，只是表现的方式和场合不大妥当。他还说，你的爱国表现有可能甚至必然会被公众看成是一种嘲讽，而不是庄重严肃的真诚。

卢卡什：你在疯人院里尝尽苦头了吧？那种地方可不是好待的。

帅克：报告长官，恰恰相反。那是我这辈子去过的最好的地方。

卢卡什：胡说，你真是个白痴。

帅克：报告长官，我说的全是真话。我真不明白，那些疯子被关进疯人院干吗要生气。在那里你可以光着身子躺在地上打滚，可以学狼嚎，学狗叫，可以咬人。要是在大街上这么干，谁见了都会大惊小怪。在那里这都是家常便饭，不足为奇。在疯人院里，有的是社会主义者连做梦都没梦见过的自由，尽管有的人成天被绑在柱子上。你可以把自己当作上帝或者圣母玛利亚，当成英国国王或者法国王后。那儿还有一个人老嚷嚷说他是大主教，他不干别的，就知道狼吞虎咽地吃，肆无忌惮地屙。有位老兄一口咬定自己是个孕妇，要邀请我们每个人去参加他婴儿的洗礼。那儿还关着许多诗人、政治家、童子军、集邮爱好者和业余摄影师。我在

好兵帅克

那儿还碰到了几位教授,其中一位老追着我向我解释吉普赛人的发祥地是中国北京的海淀,另一位教授却喋喋不休地向我证明说地球里面有一个比它本身还要大一百倍的球体……

卢卡什:快住嘴,你这个傻瓜,满嘴跑舌头,胡说加八道。我要是卡茨神父就把你的肋骨一根一根地踩断。

帅克:卡茨神父也这么说过,他是个仁慈的人,他表示要一次踩断两根。不过,他现在睡着了,他每次喝完酒都是先要一阵酒疯,然后就像这样打起了呼噜。

卢卡什:闭嘴,你这个油嘴滑舌的二流子。要是有一天你落到我手里,让你尝尝我的铁拳。(他走近帅克,把拳头伸到他的鼻子底下。)

帅克:是的,长官。我已经闻到了一股坟墓的味道。

卢卡什:哼,真该把你继续关在疯人院里。

帅克:那太谢谢您啦!我真喜欢那个地方,在那里就跟在天堂里一样快活!想说什么就随便说什么,不必担心别人打小报告。你可以大声喊、大声叫,大声哭、大声笑,可以爬着走,可以倒着跑，也可以单腿跳。在疯人院里度过的那几天，是我一生中最开心的日子。

卢卡什：快把卡茨神父叫醒，让他管教管教这个不懂规矩的畜生！

帅克：我说过还是疯人院里好，一出来就遇到你这位长官，总是命令我闭嘴。你不信，你去疯人院里住些日子，肯定会适应那儿的。

卢卡什：(用力摇晃坐在椅子上打盹的卡茨神父) 快醒醒，快醒醒！你要是再不管教你的勤务兵，我就立即枪毙了他！

帅克：这不管用的，他不会醒的。看我的！

【帅克走到卡茨神父的跟前，"啪啪"扇了他两个耳光。】

卡茨神父：噢、噢、噢，喝、喝、喝！

卢卡什：噢、噢、噢，叫什么叫？！就像一只叫春的公猫！喝什么喝？！作为随军神父，你是军人灵魂的培育者。瞧瞧你这副德行，简直就是一坨臭狗屎！

卡茨神父：卢卡什上尉，你这是在夸我吗？我告诉你，只要国家还认为士兵在上战场送死之前非

好兵帅克

要上帝祝福不可的话，那么，随军神父的职位就是一个捞钱的美差。我不用搬运弹药，更不需冒着炮火。过去，我得听长官的命令行事，如今，我想干什么就干什么。我代表着一个根本不存在的人物，上帝的角色由我来扮演。你算老几，竟敢来教训我？我要是不想饶恕你的罪恶，你就是给我下跪也没用！

帅克：卢卡什上尉，你千万别跟神父一般见识！他就是你看到的这副样子，如果你们两人对骂，你是骂不过他的，我敢跟你打赌！他在讲坛上布道时，能连续讲上几个钟头不带喝水的。他使用的脏字和下流话若编成书，比大百科全书还要厚。真的，你们继续打牌吧！别为了谁是狗屎的问题而耽误了美好时光。

卡茨神父：对，打牌，帅克说得对！来，我也玩两把。（摸摸兜，浑身的口袋翻了个遍）钱呢，我怎么一分钱都没了？帅克，先借我两百克朗。

帅克：报告神父，承蒙您看得起我，如果我有两百块钱，就去开银行了。

卡茨神父：有多少借我多少，二十克朗总有吧？

帅克：报告神父，原先确实有过二十克朗，但昨夜被您借去付给妓院的小姐啦！

卡茨神父：他妈的，你这头蠢猪笨驴，真给我丢人！哎，卢卡什上尉，先借我一百克朗如何？我赢了就还你！

卢卡什：你怎么知道能赢，要是输了，你拿什么还？

卡茨神父：上尉先生，你也太瞧不起我了吧？这样吧，我用我的勤务兵帅克作抵押，如果我输了，他就归你啦！

卢卡什：除了他，还有没有别的东西啦？

卡茨神父：还有一本《圣经》，抵押给你也行。

卢卡什：还是用这个傻瓜作赌注吧，就算一百克朗，反正我正想换个勤务兵呢！来，开始吧！

卡茨神父：来，我下注一百克朗。

卢卡什：我也一百。

军官甲：一百。

军官乙：统统一百。

【发牌。】

卢卡什：哈哈，我赢了。

卡茨神父：（双手抱着脑袋）我的上帝呀，关键时刻你跑到哪儿去了？我的手气糟透了。我手里有张"爱司"，接着又来了个"十"。庄家的手里开头只有个"杰克"，结果也给他拿到了"二十一点"。没办法，运气差。帅克，真对不起，我一下子就把你输给了魔鬼卢卡什上尉。

帅克：没关系的，神父，反正迟早都是输，一下子输给他是快了点儿，这我也没想到。您别难过，我虽然不在您身边为您服务了，但上帝跟您是哥们儿，不会亏待您的。

卡茨神父：真对不起，我俩不得不分手了！帅克，谁也没法跟命运作对！

帅克：您说得对，神父，您也得想开点儿。（转身，向卢卡什上尉敬礼）报告长官，我是卡茨神父刚刚输给您的帅克，现在正式向您报告，听从您的命令，服从您的指挥，报告完毕，请指示！

卢卡什：卡茨神父把你推荐给我，希望你别替他丢脸。

帅克：放心吧，上尉先生。卡茨神父的脸二十年前就丢了。

卢卡什：别插嘴，不准打断长官讲话！我把丑话说在前面，我已经用过一打勤务兵，可是没一个能干长远的。我对士兵一向要求严格，在这方面是出了名的。你只要犯一点儿小错误，就会受到严厉处罚。你必须毫无怨言地执行我的一切命令。我让你跳火坑，你就得跳！你往哪儿看？

帅克：（四处张望）我正在找火坑呢！

卢卡什：（咬牙切齿地）帅克，世上总有一些自作聪明的人在别人看来是傻瓜，这话你懂吗？

帅克：懂，长官，就像你我之间。

卢卡什：少废话，快下去准备行李。我们很快就要奔赴前线了。妈的，开拔的命令已经下达了三次，却又让我们按兵不动！

【军官们起身离开。】

帅克：长官，不要急着开拔，前两批开拔的都当了俘虏，连上尉都没回来。

卢卡什：住嘴，你这个天底下第一傻瓜，快滚吧！

【幕落】

好兵帅克

【第四幕】

【普津姆村宪兵分队队部。队长正在训斥手下的两个宪兵。】

队长：你们两个站好了，听我的口令：向右看齐，向左看齐，前后左右转！

宪兵甲：队长，到底往哪儿转？

宪兵乙：队长，您想好了再说，您太没准主意了！

队长：住嘴，你们这两个猪猡、醉鬼、畜生！光知道天天喝酒，净给我误事。（指宪兵甲）你！往哪儿看？正说你呢！让你找几个老乡到村子里了解居民的思想状况和对皇帝的忠诚程度，这事你办了吗？

宪兵甲：报告队长，我去找了，可是没人愿意当这种缺德的情报员，他们不肯告发邻居朋友。

队长：你个傻瓜，你没说发给他们奖金吗？

宪兵甲：给钱他们也不干。

队长：（转过头冲着宪兵乙）你笑什么？站直了，你这头阉牛！还笑？有你哭的时候！让你抓逃兵，你抓了几个？

宪兵乙：报告长官，一个也没抓着。

队长：饭桶、草包、笨驴！你长眼睛是为了喘气呀？难道一个形迹可疑的都没发现？

宪兵乙：发现了！

队长：什么，人呢？你把他放了？

宪兵乙：逃兵太多，足足有一百多人，一齐向南走。我本想统统抓来，好立功受奖，可是好说歹说，他们才把我放了。

队长：胆小鬼，我要把你送上军事法庭！（队长在屋子里烦躁地转圈子，突然把桌子上堆成一堆的各类文件抓起来扔到半空，他双手抓挠自己的脑袋，咆哮着）你们两个猪头，能不能替我想想？！你俩看见了吧，这上级下发的各类通知、告示、调查表、指示和命令，多如牛毛，今天要这个数据，明天要那个材料，一会儿要发展特务，一会儿又要抓逃兵、密探，可咱们村宪兵分队一共就咱三个人。不，你俩算不上

好兵帅克

人,顶多算是猪。这活儿没法干了!

宪兵甲:报告队长,那些材料文件都是骗人糊弄鬼的,您别当回事儿,随便填个数字报上去就行了,别的村也是那么干的,反正上面也不看。

宪兵乙:是啊,是啊!队长您先消消气,我又弄了两瓶上等的朗姆酒,今晚咱们再大喝一顿!

队长:闭嘴,你们两个马屁精还愣在这儿干什么?快滚,快出去巡逻,抓逃兵和密探!

【两人下,帅克上,一路哼着小调,兴冲冲地绕场一周。】

帅克:没赶上火车也不错嘛,一路步行可以欣赏欣赏乡村美景。离驻地才五百多里,太近了。如果再远一点儿就更好了。

宪兵乙:站住!你是干什么的?

帅克:老兄,看不出来吗,我是当兵的。

宪兵甲:当兵的?当兵的不上前线在这儿溜达什么?

帅克:这不正往前线赶嘛!

宪兵乙:往前线走?呵呵,你可真会说笑话,前线在反方向!

帅克:是吗?刚才我还向一位老大娘问过路呢,她指的就是这条路！不过，那也没关系，反正地球是圆的，只是多走一段路而已。

宪兵甲：呵呵，你倒想得开。来吧，跟我们走一趟，找个地方歇歇脚喝口水吧！

帅克：好啊，那太谢谢两位啦！这一路上我净遇到好人啦！

【宪兵队办公室。】

队长：你刚才说你叫什么名字？

帅克：报告长官，我叫帅克。

队长：你到哪儿去呀？

帅克：报告队长，到我的团去！

队长：你的团在什么地方？

帅克：报告长官，在布杰约维策。

队长：可你明明是从布杰约维策来的！布杰约维策已经在你的后头了！

帅克：难道我晕了？（突然提高嗓门）不管怎么说，我就是去布杰约维策的九十一团！

队长：大喊大叫是毫无意义的。好，请坐下，欢迎你帅克！这么说，你大概是走错了路，实际上你是背着你的目的地方向走的，这一点我可以

很容易地向你证实。这儿有一张捷克地图,你好好看一看吧。

帅克:(看了眼地图)这玩意儿我搞不大懂,密密麻麻跟蜘蛛网一样的,看了眼晕!我听您的吧。

队长:好!那么,我问你,你是从哪里动身的?

帅克:我是从塔博尔动身的。

队长:你在塔博尔干了些什么?

帅克:等候开往布杰约维策的火车。

队长:那你为什么没坐上火车?

帅克:因为我没有车票。

队长:每个士兵都会领到一张免费车票,难道他们没发给你!

帅克:发了,我把它丢在车上了。

队长:你没上车,怎么会丢在车上?

帅克:我是从另外一个地方经过那里的,没有下车。

队长:没有下车你怎么会到这里?

帅克:您怎么还听不明白呢?我是卢卡什上尉的勤务兵,出征命令一下,我就扛着他的七八个箱子挤进了车厢。

队长:七八个箱子?到底是几个,七个还是八个?

帅克：既是七个，又是八个。上车时是八个，下车时变成了七个，让小偷偷去了一个。

队长：你接着编，不，你接着说。

帅克：中间有人说我拉动了火车上的紧急制动，火车就停了下来。我又看见车厢里有一个秃头将军，觉得长得特像一个银行行长，结果惹恼了他。到了塔博尔车站我下来放放风，就喝了几杯酒，后来火车开了，把我像个孤儿似的给丢下了。车票和证件全丢在了车上，所以我只好步行去追赶我的团了。

队长：好了，好了，我的脑袋疼得快炸开了。这样吧，既然你到了我这里，你就是我尊贵的客人，一会儿，我让厨娘做几个菜，我请你喝顿酒解解乏。你先歇一会儿，我出去一下马上回来。

【队长走到舞台一角，向另外两位宪兵交代任务。】

队长：你们俩给我把眼睛瞪大了，紧紧地盯住他。你们要聪明一点儿，向我学习。看见了吧，我几个问题就把他问得晕头转向。

两宪兵：（异口同声）队长英明！

好兵帅克

队长：所以我才当队长，你们俩门儿也没有！今晚咱狠狠地灌他喝酒。这酒精是最好的测谎器，只要喝高了，就算他有再坚强的意志也管不住自己的舌头了，他会乖乖地把所有的秘密和盘托出，到时候你想捂他的嘴也捂不住啦！哈哈哈！

两宪兵：（又异口同声）队长英明，队长英明！

队长：快滚吧！去准备酒去！

【灯光渐暗，众下。】

【灯光渐亮。第二天早晨。三位宪兵东倒西歪地趴在地上。帅克在一边烧咖啡。】

插图作者：马文哲

队长：（先醒，嘴里直叫唤）哎哟，哎哟，疼死我啦！这脑袋像被毛驴踢了一样，疼死我啦！（猛一醒）那个俄国间谍呢？一定逃跑了！（他摇摇晃晃地站起来，用脚踢另外两位宪兵）快起来，酒鬼！快起来，混蛋！（两位宪兵"哎哟哎哟"地叫唤着，挣扎着，却站立不稳）快……快……快追，帅克跑了！

【话音未落，帅克端着咖啡上。】

帅克：队长，二位老兄，来，快喝杯咖啡醒醒脑子。你们喝得太多了！队长先请，我再去煮一壶。

【帅克下。】

队长：（冲着两位宪兵）真丢人，你们两个人绑在一块儿也顶不上他一个！没喝几杯，就烂醉如泥！还满嘴胡言乱语，骂起了自己的政府！

宪兵甲：队长，是您先醉的，还带领我们高呼："俄国万岁！"

宪兵乙：我开头是清醒的，后来听队长说我们的皇帝已经病入膏肓，很快就四脚朝天啦！吓得我出了一身冷汗！

队长：快闭嘴，你这个不知好歹的畜生。你自己吼

叫如牛，最先倒在地上打起了呼噜，你怎么会记得我说了什么？

宪兵甲：他说得对！我可以对天发誓，您不仅骂了我们的皇帝，还说要欢迎俄国沙皇来我们捷克当皇帝呢！

队长：胡扯！你再敢胡说我就把你送进监狱，让你老婆守一辈子活寡。你当时也醉得像一条死狗，却眯着一双猪眼睛。我早就警告过你们，酒是害人精，你俩偏不听，一见到酒就不要命了。要是那家伙跑了怎么办，我们怎么交差？

宪兵甲：可是他没跑，还乖乖地照顾我们呢！我们三个喝得烂醉如泥，大门通宵敞开，他要是想逃跑，一千次都跑成了。看来他不是什么密探、间谍，我们冤枉他了！

队长：你懂个屁！这正好说明他隐藏得很深，意志非常坚强，沉着冷静。我要是有这样的下属就好了，省得看见你俩就添堵！

宪兵乙：那我们拿他怎么办？

队长：瞧我的，我再审问几句。哼，别想在我这儿蒙混过关！

【帅克端着咖啡又上。】

帅克：喝吧，喝吧，这咖啡很香！

队长：好的。帅克，你会照相吗？

帅克：会！

队长：那你为什么不随身带架照相机？

帅克：因为我没有照相机。

队长：假如你有照相机的话，那一定会照吧？

帅克：可惜我没有啊！

队长：拍车站的照片难吗？

帅克：不难，比拍人还容易呢！因为车站不动弹，老杵在一个地方，不必对它说："你笑一笑！"

队长：原来如此！好啦，帅克，等会儿你收拾一下，我派人把你送到皮塞克的宪兵大部去，到了那里就很容易找到你的部队啦！

帅克：好的，谢谢队长，我这就去穿大衣！

【帅克下。】

队长：（赶忙坐在办公桌前挥笔写了封公文，然后抬起头来，念给两位宪兵听）"经卑职交错审问，该犯供称，自己喜欢照相，尤其擅长拍摄火车站。虽未于其身上搜得照相机，但可推测，他

为避人耳目,已将其隐匿他处,而未随身携带。该犯供称,如携带相机,必拍照无疑,足证卑职之推测并非虚构。"怎么样,呈给宪兵大队长的报告写的怎样啊?

两宪兵:(齐声)队长就是队长,队长英明!

队长:好,你负责把这个家伙押送到宪兵大队!马上动身!

宪兵甲:是,保证完成任务!

【幕落】

【第五幕】

【火车站候车室临时作战指挥所,四五个军官正在讨论行军计划和作战方案。】

【长条桌上铺着一张地图,摆放了几只杯子,卢卡什拿着放大镜和一支铅笔伏身察看地图。旁边的杜布中尉手里拿着一张上级发下的电报,同卢卡什上尉一道煞有介事地查找下一个目标。】

卢卡什:这叫什么狗屁地图,哪儿都不对!这儿本来有座山,可在地图上却找不着。那儿原先有条河,地图上却标明为教堂。如果按地图上的说法,我们现在正待在水下二十米。

杜布中尉:上尉先生,你不能怀疑国防部统一印发的作战地图,它是我们行军打仗的指南。说到指南,谁带了指南针?

卢卡什:军需官万尼卡,快把指南针拿来!万尼卡,你聋了吗?快,跑步,拿指南针来!

万尼卡：报告长官，我没有指南针。

卢卡什：混蛋！我昨天刚把指南针交给你，你把它又弄丢了？

万尼卡：对不起，昨晚上厕所时不小心掉到茅坑里去了。

卢卡什：撒谎，你这个骗子！又拿它换酒喝了吧？别以为我不知道！

万尼卡：没换酒，跟老乡换了根烟抽。

卢卡什：来人呐，把他关进禁闭室！等我腾出手来再亲自枪毙你！

杜布中尉：唉！这都是平时缺乏思想教育的结果。我早就说过，爱国主义、忠于职守、自我完善，这才是军人在战争中真正的武器。

卢卡什：杜布中尉，你别站在这儿唱高调了。快把旅长的最新命令再重复一遍。

杜布中尉：是，长官！旅长同时发来了两个命令，一是让我们在三天前攻占西部小城吉布斯堡，二是规定我们必须向东行军。

卢卡什：天呐，我的上帝爷爷！旅长到底是哪根筋出了毛病，向东进军，占领西边小城？天呐，这个命令无法执行。

杜布中尉：军令如山，必须执行！长官，军中无戏言，您可不能犹豫不决啊！全连的士兵都在等着呢！

卢卡什：屁话！这命令明明是胡说八道！

杜布中尉：长官，请您注意自己的言辞。在我看来，世上只有两种意见：一种是上级的意见，另一种是错误的意见。旅长在我们下级军官眼里绝不会出错，你快拍板吧！

卢卡什：滚！你是想把我逼疯啊！你这个阳奉阴违、装腔作势的小人，我告诉你，就算我死了，你也接替不了我的位置。

【一士兵领着帅克上。】

士兵：报告，卢卡什上尉，您失踪多日的勤务兵帅克回来了。

卢卡什：谁？你说是谁？

帅克：（从士兵身后闪出，敬礼）报告长官，勤务兵帅克终于找到您了！

卢卡什：（头晕目眩，晃了晃身子，瘫坐在椅子上，几位下级军官用湿毛巾为他擦脸。他用颤抖着

的手指着帅克）你，你，你……

帅克：亲爱的上尉，您最好能控制一下情绪，别太激动了。我知道您一直惦记着我。我离开您的这些日子也无时无刻不在想念部队和您呀！您看，我不是好好的又回到您的身边了吗？咱俩注定一生都分不开，这在中国怎么说来着？对，是缘分。按我们的说法，这都是上帝的安排。

卢卡什：（看了看周围的人）你们都下去，不准再进来！帅克，你别走！看我怎么收拾你！你这个混蛋、蠢猪、笨牛！

插图作者：马文哲

帅克：是，我们是该单独聊聊！

【众人下。】

卢卡什：要绞死的人就不会被淹死！白痴，你干吗不死在外面，你干吗要老缠着我。上帝啊，我上辈子到底做了什么孽了，非得派你没完没了地折磨我？不，不，我无法忍受下去了！我要绞死你，枪毙你，用刀捅死你，用斧子劈了你！

帅克：长官，您先喝口水，消消气儿。我们不谈你死我活的事儿。您火气太大了，这对谁都不好。我是您的勤务兵，保证不死在长官的前头，要永远地照顾您，服务于您！

卢卡什：住口，你这个天下第一傻瓜。你别想再做我的勤务兵了，做梦吧！快滚出去，我不想再多看你一眼，不想再听你说一句话！

帅克：报告长官，这我可办不到。我必须服从命令，施雷德上校让我继续做您的勤务兵，差一点儿忘了，这是他让我捎给您的亲笔信，上面写得明明白白。

卢卡什：（一只手拿着信纸，一只手狠抓自己的头发）圣母玛利亚，救救我吧！我要向上级报告，

我已经有了新的勤务兵巴伦，尽管这个家伙是个草包、饭桶！

帅克：算了吧，长官！我虽然有点儿傻，可我从不偷吃长官的点心、腊肠。那个巴伦，谁都知道，只要见到吃的就什么都忘了。饭量大得惊人，连饭盒餐桌都能一口吞下。

卢卡什：那也不行！你不能再当我的勤务兵了！你这个混蛋自从跟上我，我遇到的倒霉事就比这车站上的蟑螂还多。你干吗要拉动火车的紧急制动，制造事故？你干吗要惹那位秃头将军让我挨骂？你干吗要偷上校的狗送给我，差一点儿让我被枪毙？天呐，这种坏事你干了多少，你自己说嘛！

帅克：报告长官，我是个热心肠，总想替您多分担点忧愁。可总是没把好事办好，净惹您生气，可这也不能完全怪我！

卢卡什：闭上你的臭嘴！瞧你这副呆头呆脑的样子！你到底是真傻还是假傻？替我分担忧愁？你可真会说话！我问你，上次我派你去替我接待那位找我的年轻的卡蒂太太，你是怎么办的？你他妈的竟然跟她上了床，竟敢把长官的情人的肚子搞大了，你还敢说替我分忧？！你这个蠢猪！

帅克：报告长官，这我可得解释几句。我可是完全按照您的吩咐去办的呀！您那天说工作忙，让我去跟她解释一下。您还说看她有什么要求，要想方设法满足她。她说想喝酒，我就给她买了三瓶葡萄酒；她要抽烟，我又去给她买了两包烟；后来她换了件透明的内衣问我好不好看，我说好看；接着她又让我脱掉裤子让她看看……

卢卡什：住嘴，你这只癞皮狗。来人呐，把他关三天禁闭，不准喝一口水，吃一口饭！

【两位士兵上，杜布中尉随后也上，帅克笑嘻嘻地向卢卡什敬礼，随两位士兵下。】

杜布中尉：（冲着帅克瞪了一眼，挥了挥拳头）你这个坏蛋，你还不认识我，我可不像卢卡什上尉那么仁慈温和，你要是落在我手里，我会把你治得叫爹叫妈，跪地求饶！

帅克：是的，我很幸运！

【帅克转身下。】

卢卡什：杜布中尉，有什么事吗？

杜布中尉：报告上尉，刚才有辆专列火车开进了车站。一位老将军奉命来检查部队的文明建设情况。我见您工作忙，正在训斥帅克，就没有打扰您，我替您陪同那位老将军视察了我们的连队。

卢卡什：杜布中尉，巴结领导是您的长项，这种机会您是不会让给别人的。那么，老将军有什么指示吗？

杜布中尉：是的，上尉！他指示我们士兵要严格执行作息时间表，要按时吃饭、睡觉、上厕所。尤其是最后一条，他认为公共厕所是支撑奥地利胜利的重要基础。他不允许士兵随地大小便，那样会很不卫生。将军亲自检查了公共厕所，并关心地询问每一位从厕所出来的士兵："你擦屁股了吗？"态度十分和蔼，没有一点儿官架子，非常平易近人！

卢卡什：净是些屁话！还按时吃饭、睡觉，你没问问他，谁给我们供应饭菜，在什么地方可以睡觉？我们的军粮早就没了，你报告给他了吗？

杜布中尉：没敢报告，咱们历来都是报喜不报忧，这是纪律，我怎么敢违反呢？对了，老将军还建议我们派专人负责编写连史和营史，就是要把我们取得的每一次胜利和士官们的英雄事迹都滴水不漏地记录下来。他说："没有辉煌的连史就没有辉煌的营史，没有辉煌的营史就没有辉煌的团史，没有辉煌的团史就没有辉煌的旅史，没有辉煌的旅史就没有辉煌的师史……"

卢卡什：够了，够了！没有辉煌的师史就没有辉煌的军史。全是废话，我们打过一次胜仗吗？我们哪个士兵想当英雄？

【帅克上。】

帅克：报告长官，我想当英雄！

卢卡什：你这个白痴，你怎么敢从禁闭室里跑出来？

帅克：长官，不是跑出来的。我压根就挤不进去。禁闭室太小了，已经塞得满满的，连个耗子都钻不进去，他们只好让我回来等着，我前面还有十几个人在排队呢！

卢卡什：好事儿总让你这坨狗屎给碰上。

好兵帅克

帅克：还不是托您的福，总让我走了狗屎运啦！

卢卡什：来人呐！

【两士兵上。】

卢卡什：我命令你们，从禁闭室里先放出几个混蛋来，把帅克弄进去！我不信就制服不了你这个傻瓜！

帅克：谢谢长官对我的优先照顾！

【一军官上。】

插图作者：马文哲

军官：报告上尉先生，刚接到旅部命令，让我部即刻动身坐火车继续北上。

卢卡什：什么狗屁命令！你有没有搞错哇？这是火车的终点站，前边没铁路啦！（他用拳头砸在桌子上）快通知部队，立即集合，徒步前进，一直向北。

帅克：报告长官，那我还去禁闭室吗？要不你们等我三天再动身？

卢卡什：快滚！我要送你去最前线的战壕里，看着你被炮弹炸成肉酱！

帅克：好的，我先去趟厕所，马上出发！（从舞台另一方向下）

【幕落】

好兵帅克

【第六幕】

【前线。简陋作战指挥所,残垣断壁。卢卡什上尉、杜布中尉及几位军官围着一张地图比之画之,七嘴八舌。几米远处,营史记录员马列克正坐在一个弹药箱上撰写营史。】

卢卡什:(冲着一位前来报告战况的士兵)快说,前线情况怎么样了?

士兵: 报告长官,防线已经突破了!

卢卡什: 好,终于突破了防线,我们终于立功了!杜布中尉,快让志愿兵马列克把这场辉煌的战役记录在营史里。

士兵: 报告长官,您听错了,是我们的防线被敌人突破了!快逃跑吧,不,快撤退吧!否则我们全部都得当俘虏。

卢卡什: 什么?你这个笨蛋,连话都说不清楚!我要立即枪毙你!

杜布中尉：上尉先生，您还是省一颗子弹为好，让他自己上吊去吧！

卢卡什：（大喊）勤务兵，勤务兵，勤务兵死到哪里去啦？

万尼卡：报告长官，勤务兵帅克早就失踪了，难道您忘了？部队开拔前，他说肚子不舒服，就躲进树林里去方便啦，结果再也没见到他。

卢卡什：这个畜生肯定是掉进粪坑淹死啦！哈哈，一想到他被臭烘烘的大粪活活淹死，我心里就感到快活！

【帅克穿着一身俄国军装上，敬礼。】

帅克：报告上尉先生，勤务兵帅克冒着炮火向您报到，我又回来啦！

卢卡什：我的上帝，你从哪里冒出来的，你穿的是谁的衣服？快，快，把他拦住，别让他靠近我！

杜布中尉：帅克，你这个杂种！立正站好！

帅克：（立正）报告长官，小孩没娘，说来话长啊。

卢卡什：你少啰唆，长话短说。

帅克：那好吧。咱们部队开拔那天，我肚子一阵难受，本想就地解决。可是又觉得当着弟兄们的面脱

裤子总有些难为情,您知道我又是个腼腆的人。

杜布中尉:混蛋,少讲些没用的。这些日子你跑哪里去了,怎么一直不见你人影?一泡屎拉了半个月吗?

帅克:中尉,请您别打断我,别忘了那天可是我把您从妓院里扛回来的。

杜布中尉:闭嘴!我要是发起火来,能让你叫爹叫妈。

卢卡什:好啦,杜布中尉你先去前线战壕里,为那些英勇拼杀的士兵们鼓鼓劲吧!

杜布中尉:(很不情愿地)是!

【杜布中尉下。】

卢卡什:帅克,你个狗东西,别以为我拿你没办法!说,到底怎么回事?

帅克:报告长官,事情很简单。我被俘虏啦!

卢卡什:被俄军俘虏了?

帅克:不是,是被我们自己的部队俘虏的。

卢卡什:不准跟我胡闹。说!

帅克:那天我钻进树林里刚蹲下,就看见前面的湖里有人洗澡。那家伙脱得光溜溜的,大冷天也不怕冻感冒了。

卢卡什：别瞎扯了，挑重点说。

帅克：是啊，这就说到重点了！我冲他喊了一嗓子，他吓得从水里蹿出来撒腿就跑。等我拉完了屎，发现湖边放了一堆衣服，就这身衣服，是那个俄国佬丢下的。我穿上一试，比我原先的那身军装暖和、合体，我就干脆来个以旧换新。没承想，被我军抓住了，说我是俄国士兵，就成了俘虏。

卢卡什：你干吗不向他们解释？

帅克：您觉得管用吗？这年头有什么事能解释清楚呢？包括您，早该升大尉了，可怎么解释呢？所以，他们后来要绞死我！

卢卡什：这倒是应该的。那为什么没绞死你？哼，非得要弄脏我的手！

帅克：那个军事法庭的法官大人说，上次他判过一个犯人绞刑，可没法执行，因为在沙漠里，根本就找不到树。他还说，你今天就没那么走运了，这里到处都是树。后来另一位法官还是跟咱们团部核实了一下，两位法官就有了争议，都同意要绞死我，只是后一位法官坚持先把我

放回来，要放长线钓大鱼，不知他要钓的那条大鱼是不是您？

卢卡什：混账，少扯上我，跟我有什么关系？你自己犯了事别把我扯进去。

帅克：是的，长官。不过世界是普遍联系的，按照法官们的逻辑，说不准谁会跟着我一起绞死呢。

【一军官上。】

军官：报告上尉，团部通知您立即去开会。

卢卡什：帅克，咱俩之间的事情还没完呢，等我开完会再找你算账！

帅克：好的，我等您！

【卢卡什下，帅克走到一直在编写营史的志愿兵马列克身边。】

帅克：你好啊，兄弟，你就是历史学家马列克博士吧？

马列克：你好，帅克，早就听说你的大名啦！

帅克：不敢当，我只是个小小的兵蛋子，一个为上尉服务、为皇帝尽忠的小人物，你才是流芳百世的历史学家。我们的连史、营史记了很多了吧？

马列克：是的，帅克，我已经写了我们营的许多成绩和胜利。你知道，我是用一种预言的笔法写历史的，咱们营就是这样从胜利走向胜利的。

帅克：噢，这蛮有意思的。你是说你每天真实记录的都是一些从来没发生过的事情吗？

马列克：正是如此。比方说，我刚才写下的这段，咱们营夜袭敌军一个团，我们每个士兵都摸到一个敌人，用尽浑身力气把刺刀扎入他的心窝，只听到四处都是噼噼啪啪肋骨断裂的声音。睡梦中的敌人四肢抽搐，惊慌地瞪着眼睛，嘴角流着血沫，欲喊不能，两腿一伸，死了！事情到此结束，胜利属于我营。我还记了一件更牛的事呢，大约在三个月后，咱们营俘获了俄国沙皇。这段太长了，我以后再讲给你听。我还得一点一滴积累一些我们营无与伦比的战斗插曲，编一些崭新的战争术语。我已经整出了一个情节，我方一位军官，比方说是十二连或十三连的一个排长，被敌方的地雷炸掉脑袋……

【帅克转身欲走。】

马列克：帅克，你等等，你能告诉我十二连的某一

个排长的名字吗?

帅克：我认识一个叫霍斯卡的。

马列克：好，就是他了！就是排长霍斯卡，他的脑袋给地雷炸掉了。

帅克：地雷怎么会炸在脑袋上，应该炸断脚才合理。

马列克：这你就别管了。反正我就是这么记录的。他的脑袋炸飞了，可身子还在往前移动，并且瞄得准准的，一枪就打下了一架飞机。这可是大英雄啊！皇帝要在皇宫里为咱们营举行庆祝会，你知道，奥地利有成百上千个营，只有咱们营受到了如此隆重的奖赏。全体皇室成员，当然包括皇后和公主，还有所有大臣们都出席咱们营的庆祝会，多带劲呢！

帅克：你记录的可都是好事，听着就让人兴奋激动。

马列克：帅克，不能光是好事。没有牺牲就不能取得成功，营史不能净是一连串干巴巴的胜利。这种胜利我手头已经编好了四十二场了。根据我的笔记看，我们的伤亡也不少呢！

帅克：我很好奇，我们都是怎么牺牲的？（另有三个士兵围上来）

马列克：（**翻着手里的笔记本**）比方说，巴伦，你这个总也吃不饱的家伙，你看这一段，你是在偷吃卢卡什上尉午饭的那一刻，被敌机投下的炸弹炸成了肉酱。

巴伦：（**哭丧着脸**）我怎么会是这么个死法，你让我吃饱了再死行不行？

马列克：已经记录下来了，历史是不能篡改的。你其实和帅克死的一样壮烈。

帅克：你打算让我怎么死呢？

马列克：我看看，（**翻动笔记本**）找到了。帅克，你自己看吧。

帅克：还是你给念念吧！

马列克：你们听着：帅克身受重伤，拖着被打断的双腿，静静地躺在铁丝网旁。到了夜里，敌人用探照灯搜索阵地时发现了帅克，他们以为帅克正在执行侦察任务，开始向帅克开炮。帅克为全营做出了巨大贡献，因为敌人把对付一个营的全部弹药都用到了帅克身上，帅克的碎尸随着爆炸卷起的浓烟在阵地的上空自由飞翔……

好兵帅克

另外两位士兵：那我们俩呢，你写了吗？

马列克：写了写了，一个是电话员霍托翁斯基。

士兵甲：是我！

马列克：另一位是炊事员约赖达。

士兵乙：对，对，对，还真把我们俩写进连史啦！

马列克：靠近点儿，诸位！（边说边翻着笔记本）第十五页，你俩看，电话员霍托翁斯基与炊事员约赖达于九月三日同时牺牲。

两士兵：怎么会那么巧？

马列克：你们再往下听：前者冒着生命危险保卫隐蔽所的电话，在电话机旁坚守了三昼夜，无人替换；后者在遇到敌人侧翼包围的危险时，端起滚烫的汤锅向敌人扑去，把敌人烫得屁滚尿流。两人均壮烈牺牲。牺牲时两人同时高呼口号："我连连长万万岁！"（抬起头来）总参谋部为此特别发出嘉奖令，号召全军士兵以你们俩为榜样，学习你们临危不惧的英勇精神。

帅克：他们俩太有精神啦，简直就是精神病！

【卢卡什上。】

卢卡什：（神色慌张地）全体士兵集合。

帅克：请问长官，难道是我们又要开拔？

卢卡什：开什么拔，我没时间跟你废话。再说，这不关你的事。

帅克：报告长官，我是您的勤务兵，您出现在哪里，我就应该在哪里。

卢卡什：滚，你不是我的勤务兵，你是我军的俘虏。

帅克：长官，这事可不能开玩笑，自我参军入伍，大部分时间都跟随着您。

卢卡什：这怪不得我，谁让你穿上俄军的制服了？（冲着远处喊）杜布中尉，军需官万尼卡上士！真见鬼，人都死了吗？来人呐！

【几位士兵上。】

卢卡什：人呢，就你们几位？

士兵甲：报告长官，他们都投降敌军了，就剩下我们几个人了。

卢卡什：你们为什么不逃跑？

士兵乙：因为我的腿被炸断了，实在跑不动了。

卢卡什：（指另一位士兵）你呢？你的腿也断了？

士兵丙：报告长官，我的腿没断。可是我找不到一块白布，没法儿摇晃。

好兵帅克

卢卡什：你们这群怕死鬼，都给我站好了！刚才接到上级指示，让我们缴枪投降。帅克，你不准投降。

帅克：是，长官！

卢卡什：知道为什么你不能投降吗？

帅克：不知道，长官。

卢卡什：你真是个大傻瓜，大白痴！因为你是我们的俘虏，你是俄军士兵！

帅克：报告长官，我是您的勤务兵。

插图作者：马文哲

卢卡什：你不是我的勤务兵，你是我们的俘虏！你明白吗？

帅克：明白，长官！我听您的，您说我是什么我就是什么。

卢卡什：那好，我们现在都成了俘虏，我要用你这个俘虏交换我这个俘虏。

帅克：我听从命令，服从指挥。

卢卡什：（长叹一声）唉，感谢上帝，战争结束了！

帅克：是有点儿遗憾，我以为至少要打十五年呢！才打了四年就投降了，我真替皇上害臊！

卢卡什：帅克，死到临头了，你还胡说！让宪兵队听到，我也跟着倒霉。

帅克：报告长官，放心吧。宪兵队早就投降啦！

【枪炮声响成一片，卢卡什抱着脑袋乱窜。帅克拉住他，背着他逃跑。众人下。】

【幕落】

好兵帅克

【第七幕】

【第一次世界大战结束后两年。小镇"杯杯满"酒馆。老板巴里维茨从监狱释放出来仍经营这家酒馆,他的太太依旧帮他照看顾客。店里的生意比战争期间明显好转。此时,正有五六个客人在喝酒,巴里维茨和太太忙着为客人倒酒。】

哈谢克:(进店坐下,把双拐放好)老板,来杯啤酒!动作快一点!

巴里维茨:(冲着太太使眼色)又来了位急性子。快给他送去,让他喝了下地狱!

巴里维茨太太:还是你去送吧,一看他就不是个好东西,比警察还横!

哈谢克:快点快点,老子嗓子都冒烟了,快拿酒来,别等着消防队来救火!

巴里维茨:(一瘸一拐地)给您酒,先生,喝吧!喝完了好上路!

哈谢克：上路？上什么路？老子哪儿也不去，今天坐在这儿就不走啦，要把你店里的酒统统喝光！咦，我说老板，你的腿……

巴里维茨：战争留下的纪念！

哈谢克：你也上前线了？大英雄啊！

巴里维茨：什么大英雄，是囚犯。在监狱里被生生打断的。您是……

哈谢克：（摘下帽子往桌子上一摔）巴里维茨先生，你这条老狗，难道不认识我了？

巴里维茨：（愣了一会儿）天呐，我的上帝，我的主，我的圣母玛利亚，您是帅克，不不不，您是哈谢克先生？我的天使大姐，您没死，您还活着，您死了还喝酒？

哈谢克：（站起来，与巴里维茨拥抱并彼此捶打肩膀）哈哈，你没死，我就不会死！

巴里维茨太太：（边说边用围裙拭擦眼泪）哈谢克先生，你可回来啦，我太高兴了！

巴里维茨：老太婆，别哭哭啼啼了，见到哈谢克先生，又不是参加他的葬礼。来，来，来，各位先生们，这位就是大名鼎鼎的好兵帅克，他的

真名叫哈谢克。来，各位，今天我请客，大伙儿放开肚皮尽情地喝吧！

哈谢克：好，咱们先干一杯，为了共和国！

巴里维茨：狗屁，还是为了我们自己吧！帅克，我就叫您帅克吧？

哈谢克：行，随便，叫什么都行啊！

巴里维茨：帅克，这些年我们一直以为您死了，真没想到还能活着见到您。

哈谢克：是啊，我也以为我见不到我了呢！报纸上多次发表我的死讯，一会儿说我被绞死了，一会儿说我掉进粪坑淹死了，一会儿又说我被枪毙了。嗨，你知道我们的新闻，从来就没个真事儿！最近报纸又发表了一篇悼念我的文章，说我因喝醉了酒与一群海员发生了冲突，被人家用刀捅死了！昨天，我在一家酒馆碰见了那位写悼念文章的作者，差一点儿把他给吓死。他脸色煞白，浑身哆嗦，两眼直勾勾地盯着我问："您是不是在俄国待过？"我说："是啊，您总算把我认出来了，我曾经在俄国敖德萨的一家下等饭馆与一群残暴的酒鬼海员吵架，结果被他们给捅死了，您还为我写过一篇追悼文章呢！"他胆战心惊地试探我说："您找我有事吗？我把全部的稿费——一共五十五个克朗全都给您，怎么样？"我回答说："我不要钱，只想换个地方让您陪我一晚上。"他问："去哪儿？"我握着他的手说："去郊外那片寂静的坟地。"他吓得手脚冰冷，挣脱我撒腿就跑，一路尖叫！

巴里维茨：帅克，我听着心里也瘆得慌。您不会是鬼魂吧？上帝保佑我！您知道吗，连您的老佣人米勒太太都相信您死了，她还在您家后院里给您修了假坟，那里面埋了只您喜欢的小狗，她还经常给坟上添添新土！

哈谢克：米勒太太她还好吧？我一直在找她呢。

巴里维茨太太：可怜的米勒太太，她半年前就进了天堂！（画了个十字）

哈谢克：噢，天呐，她怎么死的？

巴里维茨太太：米勒太太用轮椅送您参军入伍的那天就被捕了。军事法庭审判了她，由于找不到任何可以问罪的证据，就把她送到了一个集中

营。战争结束后,她给一个佣人劳动保护协会主席当佣人,夜里去地下室替主人背煤烧饭时,从楼梯上滚下来摔死了。好惨呢,一个七十五岁的老太婆背着一大袋煤块爬楼梯不摔死才怪呢!

哈谢克:愿她的灵魂安息吧!

《好兵帅克》封面一种

巴里维茨:去,去,去,倒酒去!别说这些伤心事了!来,咱兄弟俩干一杯!唉,帅克,这些年您是怎么过来的,就像《好兵帅克》里写的那样?

哈谢克:差不多吧!战争结束时,我当了俘虏,又参加了苏联红军,入了党,当上了团政委,就这么简单。

巴里维茨：您吹牛吧,您能当上团政委？别逗我了!

哈谢克：是啊,是啊,我知道你不会相信的,连我自己有时也不相信,以为是做梦呢！可事实就是事实,这年头,说出事实总让人觉得可笑。

巴里维茨：那您这次回到捷克斯洛伐克打算干点儿什么？

哈谢克：目前正在找工作呢！眼下准备重新组建一个政党。

巴里维茨：什么党？

哈谢克：我参军前就成立了一个党组织,全名叫"在法律允许范围内的微小进步党",我想把它重新建起来,我自任党主席。

巴里维茨：这个名字太有趣了,党员多么？

哈谢克：目前就我一个人,你想加入吗？

巴里维茨：我？我一个粗人,从来不关心什么鸟政治,我只管卖啤酒。

哈谢克：那你觉得现在的捷克斯洛伐克共和国与过去的奥匈帝国比怎么样,哪个更好些？

巴里维茨：我看都差不多。过去当官的现在还当官，照样享福；过去的下等人，现在还是下等人，照样遭罪。嗨，像我们这种老百姓，只求过个平安日子，只要不打仗，警察不找茬，就心满意足了。

哈谢克：你说的也对。你那张被苍蝇屙满了屎的皇帝像还在吗？

巴里维茨：可能还在。一直放在阁楼上，我估计让那些该死的耗子已经啃咬的差不多了。

哈谢克：哈哈，时代还是开明了。要是在头几年，你说这句话又得被判十年徒刑，说不定直接绞死了。皇帝被老鼠啃光了比苍蝇往皇帝身上屙屎的罪过要大很多呀！

巴里维茨：是的，是的，哈谢克先生，瞧我这张臭嘴，一见到您就忘乎所以了。我跟别人可从来不谈论这种狗屁话题。

哈谢克：现在密探施耐德还常来酒店偷听顾客聊天吗？

巴里维茨太太：难道您不知道，那个恶棍早死了。被您卖给他的那些杂种狗给咬死了，活活把他给吃了。不过，共和国的新警官也常来，还是不断打听附近居民对政府的看法。

巴里维茨：快忙你的去吧，这个老太婆就是话多。先生，我们普通百姓真的不关心什么国家大事，我们的大事就是赚钱、吃饭、睡觉。

哈谢克：兄弟，这我可得跟你多说几句。自从有了国家政权，你翻遍古往今来的所有历史，也找不出半个十全十美、毫无瑕疵的国家机构。相反，在每个国家里，却总有那么一些不安分守己、不满足于现状的家伙。兄弟，我可不是说你呀！

巴里维茨：知道，知道，我打生下来就安于现状。

哈谢克：有人竟口口声声说我国的情况糟透了。可不能这么看，最近报上说在中国甘肃省饿死了五十万人，陕西省饿死了八十万人，在我们进口中国面粉的国家里出过一桩这种事吗？

巴里维茨：您说得对，我们没有被饿死。

哈谢克：我们的食品店里摆满了鸡鸭鱼肉，居民们却抱怨价格太贵，根本就买不起。可是世界上有的国家连牛肉的影子都见不着，有钱你也买不到。非洲南部有个印第安人的部落压根就不

知道糖是什么样子，而我们的达官贵人却无人不以糖尿病为苦。

巴里维茨太太：先生说得对。我们这儿有个顾客喝啤酒还想往里放糖，真是的！

哈谢克：再说啦，与那些专制的国家相比，我们太自由啦！有几个国家，我就不点名了，想抓谁就抓谁，想杀谁就杀谁，想砍谁的脑袋就砍谁的脑袋，而我们现在的脑袋不都好好地长在自己的脖子上吗？

巴里维茨：谢谢我们的国王，留下了我这颗笨蛋脑袋。

哈谢克：另外，我觉得最近在我们共和国的生活中刮起了一股很不好的歪风邪气，若任其传播蔓延，就会破坏和谐幸福的未来。这种风气源于嫉妒，总看不得别人比自己好！

比如说，一些群众总是抱怨当官的收入高，只要一听说财政部长和银行行长年薪有了巨额的增加，就发泄不满情绪，吵着要给自己涨工资，全然不管我们国家正处在经济危机当中。还说，部长已经有了一所豪宅，干吗还带着家人入住别墅，这话怎么能说得出口呢？

巴里维茨：人家天生就这命！

哈谢克：前几天，一个公民对我说："当官的是小汽车来，小汽车去，而我却连坐电车的钱都没有。"我真想好好教训他一顿："这有什么可大惊小怪的，你连坐电车的钱都没有，当然就更没钱坐小汽车了嘛！"一个公民不能因为自己坐不起小汽车就心存嫉妒，你们说对不对？为人应该讲点儿道德，只有这样才能培养健康的民族精神！

顾客甲：这位先生说出了我们的心里话，我就靠双腿走路，连电车也不坐。

顾客乙：对，我也是把车费省下来喝酒！

顾客丙：哈谢克先生，我们工厂有些工人嫉妒我们的老板，说什么"他的日子过得比我们好多了，我们一年所挣的钱还够不上他一天花销的十分之一呢"，先生，您有见识，您说这话对吗？

哈谢克：不对，完全不对。工人应当拥有一种远比嫉妒更高尚的胸怀，那就是劳动光荣、劳动愉快！工人不能用金钱的眼光来衡量一切，他应当是一个理想主义者，不能斤斤计较，必须心甘

情愿地在艰苦的劳动中体会幸福,安贫乐道!

巴里维茨:(带头鼓起掌来)哈谢克先生,您刚才说您曾经在俄国当过红军的团政委,这回我信了,思想觉悟就是比我们高。

巴里维茨太太:哈谢克先生,我倒觉得您越来越像帅克了,净说些反话。

顾客甲:也许他的脑袋在打仗时被炮弹震坏了。

哈谢克:朋友们,如果你们觉得我讲的这番话有道理的话,我就把它写下来,准备发表在《人民政治报》上,并建议将这篇文章编入教科书,用我的肺腑之言教育莘莘学子,而且我愿意完全不要稿费。噢,时间不早了,我还要去一趟社会救济委员会,先找一份能维持生计的工作。巴里维茨,谢谢你的啤酒。朋友们,再见!

众人:再见!

【幕落】

【第八幕】

【社会救济委员会，主席办公室。主席坐在办公桌旁。一位穿着时髦的女士正依偎在他怀里，往他嘴里塞糖果。哈谢克站在门口咳了两声。】

主席：谁呀？偏偏是这个时候！

哈谢克：是我，哈谢克，主席先生。

女郎：讨厌，别理他！

主席：嘘，小点儿声。（推开她，整理衣服，并吐出口中的糖块，清清嗓子）请进！

哈谢克：主席先生，打扰您啦！

主席：呦，原来是我亲爱的哈谢克先生，您好，您好！噢，（转身向女士）小姐您先回去吧，您说的事情嘛，我们研究研究再说！（贴向女士的耳朵）今晚老地方见！（偷偷拍了一下女郎的屁股）哎呀，亲爱的哈谢克先生，请坐请坐！我觉得吧，还是叫您帅克显得更亲切一些。您

知道吗，我刚刚看了话剧《好兵帅克》，真是太逗了，差一点儿把我的肚皮笑炸了，幸亏我的腰带是上等牛皮做的，很结实，才保住了我尊贵的肚子。

哈谢克：谢谢！

主席：哎呀呀，简直太可笑了。您说生活中真有帅克这种白痴吗？我觉得他是装傻，用傻瓜的独特眼光在打量、批判和嘲弄挖苦我们。

哈谢克：主席先生，我想找您……

主席：您等等，我想告诉你，我听说卢卡什上尉在战争结束后与他原来的一个情人的丈夫合伙做啤酒花生意，向意大利、法国、英国、俄国出口啤酒花，发了大财。

哈谢克：卢卡什的那位情人我认识，叫卡蒂太太，我见过她！

主席：嘿嘿，我想起来了，是不是被帅克搞到床上的那位？

哈谢克：也许是吧！

主席：哈谢克先生，也许您还不知道吧，那位杜布中尉跟我有点亲戚。这个家伙原先是中学语文老师，对待学生就像对待犯人一样，总爱唱高调，背地里净干些见不得人的下流勾当。据说，他叛逃俄军后，因为同时勾引将军的太太和女儿被枪毙了。至于那位号称一巴掌能打死三只苍蝇的卡茨神父，不久前还写过公开信骂您呢，要找你算账，说您破坏了他的声誉。不过，他不可能找您，因为他每天能醉二十四个小时。

哈谢克：主席大人，我不得不打断您。因为您公务繁忙，我不想占用您更多的时间。

主席：不，不，不，哈谢克先生，我闲得无聊，正想跟您讨论讨论帅克的逸闻趣事。

哈谢克：很抱歉，先生，我对此毫无兴趣，我只想请社会救济委员会帮我介绍一份工作。

主席：这个嘛，这个确实有点儿难为我了。我记得上次您来这里时，我已经清楚地向您做了说明和解释。尽管我很喜欢您、钦佩您，可您是知道的，这感情代替不了政策，我带着感情办事但也不能感情用事嘛，这权力是公民赋予我的，我不能滥用权力。

哈谢克：先生，只是为我介绍份工作，这是救济委

员会应尽的职责，怎么是滥用权力呢？

主席：是啊，是啊，这里是有推荐介绍工作的义务，但您不是小偷、酒鬼、孤儿、强盗、失足少女，也不是无家可归的猫狗和受虐待的牛马，您不符合规定，您让我怎么办？我可不是那些违法乱纪的官员。

哈谢克：可我是残疾人！

主席：残疾人我们可不管。

哈谢克：主席先生，您的意思是让我去偷去抢，或者去变成一只宠物狗？

主席：我可没有这个意思。不过嘛，您倒是提醒了我。您看这样行不行？我给您出个主意，但您不能告诉别人。您最好到酒吧里狠狠地喝一顿酒，趁着醉意，就去那个那个……

哈谢克：先生，我连饭都吃不饱，哪有钱喝酒呀？

主席：嗯，这样嘛……我今天破个例，算是豁出去了，先借您一瓶烈酒——威士忌。您先喝了，以后再还我。（他从办公桌下面掏出了一瓶酒，放到哈谢克面前）您把它喝了，然后下楼往右拐，第二个路口左边背街的大楼就是布拉格市警察局，只要您借着酒劲儿往里一闯，再砸几块玻璃之类的东西，保准您一个月有饭吃。

哈谢克：（拿过酒瓶，一饮而尽）先生，非得砸警察局吗？

主席：（连连点头）嗯，嗯。

哈谢克：何必舍近求远呢？就砸这儿吧！

主席：（慌忙起身拦阻）别，别，别，哈谢克先生，请控制一下情绪！

【哈谢克把酒瓶摔到了地上，拿起茶杯、花盆、文件夹四处乱扔，转身举起椅子向主席砸去。】

主席：（大叫）救命啊！来人啦！

【剧终】

插图作者：马文哲

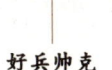

图书在版编目(CIP)数据

巴赫金的狂欢/劳马著.—北京:中国人民大学出版社,2013.5
(劳马作品集)
ISBN 978-7-300-17485-3

Ⅰ.①巴… Ⅱ.①劳… Ⅲ.①话剧剧本-作品集-中国-当代 Ⅳ.①I234

中国版本图书馆 CIP 数据核字(2013)第 107373 号

劳马作品集
巴赫金的狂欢
——劳马剧作三种
劳 马 著
Bahejin de Kuanghuan

出版发行	中国人民大学出版社		
社　　址	北京中关村大街31号	邮政编码	100080
电　　话	010-62511242(总编室)	010-62511398(质管部)	
	010-82501766(邮购部)	010-62514148(门市部)	
	010-62515195(发行公司)	010-62515275(盗版举报)	
网　　址	http://www.crup.com.cn		
	http://www.ttrnet.com(人大教研网)		
经　　销	新华书店		
印　　刷	北京市易丰印刷有限责任公司		
规　　格	148mm×210mm　32开本	版　次	2013年6月第1版
印　　张	6.75　插页3	印　次	2013年8月第2次印刷
字　　数	85 000	定　价	28.00元

版权所有　　侵权必究　　印装差错　　负责调换